Regina Henscheid

Die Memoiren des Miez

Roman

Mit 19 Zeichnungen
der Autorin

verlegt bei
KINDLER

Für Eckhard,
der viel riet und half

Vorspruch

Darf ich mich Ihnen vorstellen? Mein Name ist Miez. Ich weiß einfach, daß Miez mein richtiger Name ist, ganz gleich, wie man mich nennt oder ruft. Eigentlich war mir nämlich der Name Minnie zugedacht, aber so etwas Verzärteltes wie ein Minnie bin ich nicht; ich bin ein starkes schönes Tier, müssen Sie wissen.

Wahrscheinlich stamme ich aus der Familie der Bären oder der Hasen. Meine Abstammung herauszubringen fiel mir zunächst recht schwer, bis ich merkte, daß das eine große Wesen, das mit uns zusammenwohnt, mich vor allem »mein Bärchen« nennt (diese Verkleinerungsform nehme ich nicht weiter übel), seltener »mein Häschen« und nur einmal, als das Wesen nach langer Abwesenheit zurückkam und wohl vor Freude über das Wiedersehen mit mir verwirrt war, »mein Hündchen«. Da war es zunächst schwierig, bei aller Begabt-, ja Hochbegabtheit, sich auszukennen.

Andererseits, und das gab mir auch zu denken, hörte ich häufig von Besuchern unserer großen Wesen (es sind zwei) den Satz »Ach, da sind ja eure Katzen« oder die Frage »Wo sind denn eure Katzen?«, wenn sie ganz offensichtlich von uns sprachen (wir sind auch zwei). Kennen unsere Großen nicht die Wörter und ihre Bedeutung, oder sind die Besucher so dumm?

Neben mir und den zwei Großen gibt es also noch ein weiteres Wesen im Haus, ein Tier wie ich: meinen Bruder. Dieser ist mir allerdings nachgeordnet. Das sieht man daran – verzeihen Sie, daß ich gleich zu Anfang etwas Undelikates erwähne, aber es erhellt die ganze Situation –, also das sieht man daran, daß ich im Gegensatz zu ihm meine Häufchen in unserer Toilettenkiste niemals verscharre. Sobald ich mein Geschäft erledigt habe, steige ich aus der Kiste und gehe unbeschwert davon. Ich habe es einfach nicht nötig, in der Kiste zu graben und zu scharren, der Bruder aber: er schon. Er kratzt und gräbt, bis sein ganzes Häufchen verschwunden ist, und macht dabei oft ziemlich viel Lärm und Geräusch, als wollte er so noch auf seine Anstrengungen hinweisen. Das ist doch die Art der Schwachen, ich bitte Sie!

In unserer Gemeinschaft gibt es also zwei große Wesen und zwei kleine Wesen (uns), wobei wir aber durch unsere Geschmeidigkeit und unser Fell die Großen an Schönheit bei weitem überragen. Wir sind die Besonderen, die Einzigartigen, und ich, das können Sie mir gerne schon jetzt, nach dieser recht kurzen Bekanntschaft, glauben, ich bin von diesen Besonderen der noch extra Einzigartige.

Und genau darum will ich Ihnen meine erstaunliche Geschichte erzählen – zur Belehrung und zur Bewunderung, und das heißt, ich werde Sie belehren, Sie jedoch, Sie werden mich bewundern – müssen!

Herkunft und Neues Leben

Wir sind an einem anderen Ort zur Welt gekommen. Dort war es sehr ruhig, und es roch immer frisch wie der Wind, und es wehte und stürmte durch unser Haus. Dann tropfte und trommelte der Regen, und es wurde auf einmal ganz hell, und dann krachte und krachte es. Da hatten wir oft Angst und drückten uns an unsere Mutter. Sie war wunderbar rund und weich, aber auch stark und groß und fest und ganzganz schwarz. Als ich aus ihr herausgepreßt kam ins Freie, waren schon andere wie ich da, und nach mir kam noch einer: das war dieser Bruder hier neben mir. Unsere Mutter war aber auch gut, denn sie leckte uns alle sorgfältig ab, damit wir schnaufen konnten, und erlaubte uns, an ihr zu trinken, fast immer soviel wie wir wollten. Sie war sehr ruhig und über die Maßen zuversichtlich, selbst wenn manchmal Merkwürdiges geschah, und ihr trauliches Schnurren drang aus ihr heraus und tief in uns ein, und wir antworteten getrost sogleich und immerfort.

In unser Strohlager in der Scheune kam häufig ein großes Wesen und brachte unserer Mutter Essen und Trinken und sprach mit ihr. Sie erlaubte dem Wesen aber niemals, uns anzufassen, was dieses große Wesen wohl sehr gerne getan hätte. Beim kleinsten Anzeichen dafür fauchte die Mutter wild, und das Wesen wich zurück. So war unsere Mutter! Sie werden noch sehen, daß ich sehr viel von ihr geerbt habe. Uns ging es so gut bei ihr, aber wir mußten sie verlassen. Warum, weiß ich nicht, obgleich ich so viel darüber nachgedacht habe.

Etwas anderes war mir damals noch aufgefallen, aber es hatte mich nicht beunruhigt. Zweimal waren zwei andere große Wesen zu uns auf die Strohballen hinaufgekommen, immer in Begleitung des Essensbringerwesens. Ich verstand nicht, was sie redeten. Ich war vielleicht recht müde und hörte auch gar nicht zu. Das eine Wesen durfte uns sogar anfassen, aber nur kurz. Das hätte mich eigent-

Sehr geehrte Damen und Herren,
liebe Kolleginnen und Kollegen,
bitte sagen Sie uns Ihre Meinung
zu diesem Leseexemplar:

Regina Henscheid
Die Memoiren des Miez

Roman
ca. 144 Seiten. Gebunden
ca. € 14,90 (D) / sFr 26,80
ISBN 3-463-40408-7

Vielen Dank und herzliche Grüße
Kindler Verlag

bitte
frankieren
oder faxen:
(030)
25 37 99 70

Kindler Verlag
Werbung
Kreuzbergstraße 30

D-10965 Berlin

Regina Henscheid
Die Memoiren des Miez

Name, Vorname (bitte in Druckbuchstaben)

Buchhandlung
Meine Meinung darf zitiert werden: ja / nein

lich stutzig machen sollen. Die Mutter drohte dann auch wieder wie gewohnt.

Bald darauf kam dieser ungeahnt grausam schreckliche Tag, den ich nienienie vergessen werde (manchmal schon, unter uns gesagt). Wieder kamen die zwei großen Wesen, mit dem Essensbringer, und sprachen mit der Mutter. Plötzlich packte das eine Wesen mich mit seiner Hand, packte auch noch einen anderen von uns Kleinen (diesen meinen Bruder eben) und trug uns einfach fort! Hoch in der Luft schwebten wir. Ich krallte mich gleich in das Wesen, damit ich nicht abstürzte. Aber das war sicher das ganz falsche Signal. Ich hörte unsere Mutter noch fauchen, jedoch gar nicht mehr so schlimm, und ich sah, wie sie uns hinterherlief, an den Boden geduckt. Aber die Großen waren schneller und taten uns in einen Käfig und mit dem stiegen dann alle in einen noch größeren Käfig (ein Auto, würde ich heute natürlich gleich sagen) und fuhren ganz weit fort mit uns, ganz weit, und nimmer sahen wir die Mutter wieder.

Als endlich das Schaukeln in dem wie beißend riechenden Auto, das auch noch so furchtbar donnerte und lärmte, aufhörte, schrie ich immer noch. Die ganze Fahrt hatte ich so laut geschrien, wie ich nur konnte, während der andere Kleine neben mir nur hin und wieder ein »Maunz« von sich gegeben hatte und trostlos vor sich hin gestiert. Schon damals merkte ich, was in mir steckt. Ich bin kämpferisch, ich mache Krach, wenn mir etwas nicht paßt, ich bin mutig und sehrsehr intelligent. So haben die Großen auch schnell Respekt vor mir bekommen und – weil sie den Unterschied zwischen uns nicht merken, dumm, nicht? – das, den Respekt, gleich auf jenen Bruder übertragen. Zu Unrecht, gewiß, sehr zu Unrecht.

Endlich hörte das Rumpeln auf. Es wurde wieder ruhig, aber wo waren wir? Als der Käfig aufgemacht wurde, schoß ich wie besinnungslos heraus, aber der Boden war glatt, und ich rutschte nur so herum, gefolgt von jenem. Wir rannten wie irre hin und her, wollten nicht in ein Körbchen, wollten nicht auf weiche Kissen (ich probierte sie später aber dann doch aus), wollten nicht in einen Karton mit unserem guten Stroh, rasten umher, bis ich dann den Schrank entdeckte, den Schrank in der Küche (die Worte kannte ich aber erst später). Unter diesem Schrank war endlich Sicherheit für uns zwei. Wie froh war ich da auf einmal über den Bruder und sein warmes Pelzlein, das muß ich schon sagen. Wir drückten uns eng aneinander und wichen bis zur hinteren Wand zurück. Zaghaft begannen wir, ganz leise zu schnurren. Von unserer Höhle aus beobachteten wir, langsam ruhiger werdend, wie die zwei großen Wesen sich auf den Boden legten, um mit uns zu sprechen, gleichsam lockend oder fiepend, auf jeden Fall wirkte es freundlich. Sie streckten die Arme nach uns aus, konnten uns aber nicht fassen. Ihre Hände reichten gerade an unsere Nasenspitzen. So konnten wir an ihnen schnuffeln. Der Geruch unterschied sich je nach dem Wesen, dem die Hand gehörte, und ich lernte, sie auseinanderzukennen.

Ich verstand zwar nicht, was sie eigentlich von uns wollten, aber sie strengten sich für uns an, so schien es mir.

Zwei Tage oder Stunden und zwei Nächte wohl saßen wir unverrückbar und unerreichbar unter dem Schrank.

Bald legten wir uns schon fast behaglich auf die untergeschlagenen Vorderpfoten und beäugten geruhsam, ja fast ein wenig überlegen, das Getue der Großen durch den schmalen Spalt zwischen Fußboden und Schrank. Wie unendlich lang doch ihre Körper waren, wenn sie auf dem Boden lagen!

Gleich seitlich neben den Schrank hatten sie frisches weiches Futter hingestellt und etwas zu trinken. Auch das hatte uns besänftigt. Wenn sie nicht da waren, nahmen wir davon. Dann gab es da noch eine flache Schachtel mit Steinchen drin, und natürlich war ich es, der herausfand, daß dies der Platz für unsere Häufchen und das kleine Geschäft war. Ich stieg hinein und erledigte alles bestens. Der Bruder machte es sofort nach mit dem Unterschied, gleich beim ersten Mal, ich erwähnte es schon, daß er sein Häufchen sehr sorgfältig mit den Steinchen bedeckte und auch sogar noch meins. Da wußte ich: er erkennt meine Überlegenheit an und huldigt ihr. Das war mir nur recht.

Viel Zeit hatte ich, alles Neue zu bedenken und zu horchen. Die großen Wesen sprachen miteinander, sie sprachen überhaupt sehr viel und riefen uns mit den Worten wie »Miez«, »Miezerl« oder »Miezchen«. Das eine lockte mit »Komm doch, Ramirez, ko-omm!«. Das andere Wesen rief dann: »Minnie, hab kein Angsterl, komm doch!« (Wir kamen erst recht nicht.) Ihr werbendes Rufen und Flüstern blieb aber nicht ohne Wirkung auf mich; ich fühlte mich zuweilen unermeßlich hoheitlich. Der Bruder, so fand ich, sollte auch daran teilhaben, und so ließ ich mich herab, hin und wieder huldreich sein Gesicht abzuschlecken.

Langsam kam ich dahinter, daß sie uns unterschiedliche Namen gegeben hatten, aber wohl auch jedem von uns mehrere. Das war sehr verwirrend. Der »Minnie«, das sollte wohl ich sein, der »Ramirez« der Bruder. Er gewöhnte sich nicht so schnell daran und erschrak in der ersten Zeit immer, wenn sie seinen Namen riefen mit dem am Ende zischelnden »sss«-Laut. Mir gefiel aber am besten der Name »Miez«, und so nenne ich mich selbst: Miez Bär, oder Miez Bär-Hase (seltener), oder einfach Miez, Edler von Bär.

Daß dieser Ramirez mein »Bruder« ist, das wurde mir erst unter dem Schrank klar. Mir fiel dieses Wort ein, einfach so, und ich wußte, es bezieht sich auf ihn. Mir fallen noch viele andere Wörter ein, aber ich weiß nicht immer, was sie bedeuten; zum Beispiel ein sehr aufregendes Wort ist – Maus. Maus? Sogar: Mäuse. Was bedeutet das, was ist das? Mir wird immer ganz unruhig dabei. Einmal habe ich bei diesem Wort einen riesigen Haß bekommen und eine Gier! Ob das Maus, oder der, sehr groß ist? Wo ist es, er oder sie?

Die zwei Großen, vermute ich jedenfalls, sind auch Brüder, so wie dieser Ramirez und ich. Wir sind nicht gleich, das heißt, eigentlich schon, nur er ist dicker. Er ist in grauen Pelz gekleidet und hat Weiß im Gesicht und an den Beinen, ich aber bin schwarz mit Weiß. Wie mein Gesicht aussieht, weiß ich freilich nicht. Ich habe eine weiße, eine leuchtendweiße Schwanzspitze, die ich sehr an mir bestaune.

Nach einer gewissen Zeit verstand ich, daß die Großen nicht nur uns riefen, mit Namen, sondern auch sich. Und zwar riefen und rufen sie sich »Mann« und »Frau«. Es ist so: das Wesen, das immer »Frau« ruft, ist der Mann. Kompliziert, nicht? Und die Frau, die ruft immer »Mann«, wenn sie den anderen meint. Daran habe ich mich gehalten. Die Frau, sie riecht etwas feiner und schöner; der Mann faßt uns immer so fest an. Ich habe ihm schon oft deswegen einen Tatzenhieb gegeben. Dann wimmert er und zwickt den Ramirez. Der erlaubt es ihm, das Dummerl.

In der zweiten Nacht unter dem Schrank merkte ich plötzlich, wie mich mein Bruder anstupste, ja direkt schubste, und zwar nicht zum Essen hin oder zur Häufchenkiste, sondern nach vorne! Es war ganz still. Irgendwo mußten die Großen sein. Sie waren nicht immer da, aber jetzt waren sie zu ahnen. Wir krochen hervor und rochen erst mal an allen Sachen in der Küche. Sie schien uns in Ordnung, und so taten wir die ersten heimlichen Schritte in das riesengroße Haus, oder Heim oder Wohngelaß. Nach kurzer Zeit hörten wir ein regelmäßiges, leises Schnauben oder Schnaufen: da waren sie, der Mann und die Frau, beide hingestreckt, ganz flach lagen sie erhöht und mit etwas zugedeckt, so daß nur die Köpfe herausschauten. Ihre Augen waren zugemacht. Wir sahen uns verblüfft an. Sie schliefen! Ganz harmlos!

Leider gelang es uns in der Nacht nicht, hinauf zu ihnen zu springen, obwohl ich auf den Bruder stieg und mich dann an den Krallen hochziehen wollte. Ich rutschte immer wieder von ihm ab.

Wir verschwanden also wieder und schnupperten im ganzen Wohnungsgelaß alles sehr genau ab. Als die Großen am Morgen die ersten Geräusche machten, schossen wir eilig in unsere Höhle zurück. Wie wir dort die bequemste Haltung eingenommen hatten, nickte der Bruder mir zu. Das war gelungen, wollte er mir mit Nachdruck sagen. So war es.

Mit diesem Moment begann unser neues Leben, denn wir hatten auf einmal keine Angst mehr, oder nur noch selten. Von da an rasten wir ununterbrochen umher, kreuz und quer durch die Wohnung, um die vielen starren Beine der Sachen, die ich später »Möbel« nannte, und um die beiden riesigen Großen herum. Bald liefen sie uns nach, bald wir ihnen. Ich sprang als erster am blauen Bein des Mannes hoch und krallte mich darin fest. Dann rannte ich Ramirez nach, dann wieder er mir. Wenn wir davon genug hatten, kugelten wir umeinander oder strampelten, am Boden einander zugewandt liegend, mit allen Beinen gleichzeitig aufeinander ein, daß es nur so wirbelte. Die Großen staunten, begeistert, so verstand ich sie, wie schnell wir unsere vielen Beine bewegen konnten. Aber schon waren wir aufgesprungen und weggerannt und strampelten und kugelten woanders.

In der nächsten Nacht, als alles still war und ich grad ein wenig döste, kam wieder dieses Stupsen. Geräuschlos machten wir uns auf, gleich ins Zimmer, wo die Großen schliefen. Sie lagen, wie in der Nacht zuvor in – Betten! Jetzt wußte ich das Wort. Aber diesmal lag auf dem Boden davor ein festes Kissen. Ich sprang drauf, Ramirez mir nach, noch ein Sprung: ich stand auf dem Bett des Mannes. Wie flach er war! Schon war ich oben und ging auf ihm herum. Ramirez schaute mich groß aus seinen runden Augen an und maunzte leis warnend. Was ich mich traute! An der Seite des Mannes war die Frau. Ich purzelte vom Mann herunter. Neben mir schnuffelte aufgeregt mein Bruder. Da war der Arm der Frau. Sie lag auf der Seite, mit der Hand neben dem Kopf. Wir sahen uns an. Ramirez nickte. Wir zählten, das heißt, ich zählte stumm bis zwei, dann sprangen wir hinüber und drückten uns in ihren Arm. Sie murmelte, sicher etwas Freundliches, und strich über unseren Pelz. Sofort fingen wir an zu schnurren, Ramirez lauter als je zuvor.

Die Frau allerdings, sie schnurrte nicht. Sie hat auch bis heute nicht ein einziges Mal geschnurrt, und wenn wir uns noch so fest an sie drücken oder auf ihr herumtreten, um ihr zu zeigen, wie zufrieden wir sind. Dann erinnere ich mich an die Mutter und daran, daß sie uns immer die Milch herausgab, wenn sie auf der Seite lag und wir mit den Vorderbeinen abwechselnd weichpfotig auf ihren Bauch traten. Die Frau schnurrt gleichwohl nie. Ich habe schon oft darüber gerätselt. Der Mann kann's auch nicht.

Es war aber die Frau, die das Kissen für uns hingelegt hatte, weil sie uns zu sich locken wollte. Das wußte ich gleich. Der Mann kann uns auch sehr gut leiden, aber auf die Idee mit dem Kissen wäre er nicht gekommen. Da ist er so einfallslos wie – Sie wissen schon wer (ich sage nur: ein recht naher Verwandter).

So schien unsere Welt fürs erste aufs beste eingerichtet, und der Schmerz über den Verlust der Mutter war zeitweise ganz vergessen. Wir hatten gutes Essen und Trinken, immer reichlich, wir hatten die Toilettenkiste, die inzwischen in einen anderen, kleinen Raum gewandert war, wo oft das Wasser rauschte und gluckerte, wir hatten eine große Wohnung zum Rennen und Jagen (leider nur: uns wechselseitig), und nachts lagen wir warm und sicher zwischen den zwei Großen. Wir brauchten nur aufzupassen, wenn sie sich schlafend umdrehten, daß wir unsere Lage mit der ihren veränderten. Das klappte bald sehr gut, ja 1 a. Von der Frau ging dann wie ein feines Vibrieren aus, das mich kurz vorher weckte. Wenn ich auf der Zudecke in der Nähe ihrer Kniekehle lag und sie sich dranmachte, sich ganz umzudrehen, so brauchte ich mich nur von ihrem sich wendenden Körper hochheben und dann absenken zu lassen, ein paar kleine Schritte zu tun und schon lag ich wieder in ihrer Kniekehle. Der einfältige Mann merkte von diesen Feinheiten (Finessen?) nichts, gar nichts, und schlief nur wie taub weiter.

Morgens trippelten und stapften wir ab jetzt so lange eilig auf der Frau herum – der Mann war auch hier weniger empfänglich –, bis sie aufstand und uns Dosen öffnete und hinstellte. Ich glaubte ein paarmal, nicht recht zu hören, denn es schien, als sei sie irgendwie verärgert.

Immer wieder entdeckten wir neue Spiele und Gegenstände. Da war eines Tages ein Ding mit einer Gittertür, und das Ding selbst war auch in einer Art Gitter gehalten. Es erinnerte stark an unseren ersten Käfig, aber an den dachte ich grade nicht. Kurzum, es war ein großer Korb, ja, und ich denke das Wort immer noch und trotz allem mit einem gewissen Grimm, es war, wie sich nur zu bald herausstellen sollte, unser Reisekorb. Er hatte einen flachen Boden, und darüber wölbte sich Flechtwerk. Die Tür stand offen, arglos sprangen wir hinein, nach der Überprüfung wieder heraus, schon lockte anderes. Nur, dies war eben keine Spielhöhle, wie wir merkten, als wir dann mitten im Schlaf auf dem Bett von der Frau geweckt wurden, ergriffen und in den Korb gesetzt. Die Tür ging zu, und wir hockten da, auf einer Art Polster allerdings. Da aber hätten Sie meine Schreie hören sollen! Der Bruder wich sogar ein wenig vor mir zurück, so laut war ich. Schließlich steckte ich ihn aber doch an, und er maunzte und fauchte noch besser als ich. Um es kurz zu machen – ich langweile mich ja schon selbst mit dem dauernden Geschrei –, nichts half, wir blieben drin, man trug uns ins Freie, aber nicht zum Auto, nein, viel weiter. Ich war die ganze Zeit wie blind vor Zorn und sah überhaupt nicht, was eigentlich um uns herum geschah. Auf einmal näherte sich aus der Ferne ein unbeschreiblicher Krach und Lärm, und etwas Riesiges blieb mit langgezogenem Quietschen stehen. Jawohl, es war eine Eisenbahn. Und das Ganze nannte sich: die erste Bahnfahrt von Miez Bär und seinem Bruder Ramirez Bär. Eine Zumutung das, eine empörende Unverschämtheit war das, eine Frechheit und ein Hammer (!)!

Als wir in der Bahn drin waren, sprachen uns allerlei Wesen durch die Gittertür hindurch an, aber ich verstand vor lauter wildem Protest nichts. Ich riß am Gitter, ich kratzte am Flechtwerk – vergebens. Die Frau setzte sich uns gegenüber und flüsterte mit uns. Was soll das, dachte ich. Mausmaus, knurrte es in mir, Mausmausmaus! Ich beruhigte mich erst, als R. sich an mich drückte und anfing, leis zu schnurren. Nun gut, so war es halt. Ist vielleicht doch nicht so schlimm. Die Erfahrung hat aber gezeigt, daß es immer besser ist, erst mal die Zähne zu zeigen oder die Krallen.

Wie es weiterging? Ich gebe Ihnen die Kurzfassung: Bahn, auch Zug genannt, hält, wir alle raus, ein Lärm, ein Unrat an Geruch und Zeugs um uns herum, unerträglich fast. Der Mann trug uns zu einem Auto (kannte ich schon), dann wieder ein Halt, dann gingen sie mit uns zu Fuß in einem Haus höher und höher (eine Treppe), und schließlich kam eine Wohnungstür. Da wurde mir doch sehr bang. Wer war denn da drin? Wir schlichen aus dem Korb. Aber was war das? Es roch ja wie bei uns zu Hause! Es gab da Betten, es gab eine Toilettenkiste, nein zwei, es gab gleich Futter und Wasser. Nach kurzer Zeit, zwei Monaten, vielleicht zwei Tagen, weiß nicht genau, war uns alles schon sehr gut vertraut. Wir verbrachten unsere Zeit wieder mit Jagen, Rennen, gut Essen, Trinken, Spielen, Schnurren, Schlafen. Die neue Wohnung, die ich noch viel besuchen sollte, immer zusammen mit meinem Verwandten, R., und von der aus ich – ich! – ein einzigartiges Abenteuer erleben sollte, nannte ich fortan die Treppenwohnung.

Ja, und jetzt glauben Sie, das ist alles, zwei Wohnungen, Bahnfahrten hin und her – ungewöhnlich, finden Sie, aber noch lange nicht sensazionell? Und wenn ich Ihnen sage, daß wir noch eine weitere, ebenfalls sehr edle und sehr hochgestellte Wohnung bewohnen?

In der Treppenwohnung ist man viel höher als in unserem ersten Heim. Die Großen öffneten noch eine durchsichtige Tür, die ins Freie führte, ohne daß wir dort draußen weglaufen konnten. Wir durften dort spielen und uns in der Sonne wälzeln. Oft lagen wir auch auf dem Mann, wenn er wiederum auf einer Art Bett lag, einem Freiluftbett, glaube ich. Sehr fremdartige Wesen flatterten an uns vorbei und surrten fort, wenn sie uns sahen. Als ich nach einem sprang – Mausmaus? War es das? –, das sich besonders frech genähert hatte und direkt über mir wirbelte, erreichte ich es nicht, leider. Der Bruder genausowenig.

Nach kurzer Zeit in dieser Wohnung, etwa zwei Minuten, stand eines Tages schon wieder der Reisekorb mitten im Zimmer. Aber so leicht ließen wir uns diesmal nicht schubsen und überrumpeln. Kräftig stemmten wir uns gegen die Großen, und den Mann hat mein Bruder sogar fast gebissen. Dann aber natürlich doch wieder: Auto, Lärm, Eisenbahn.

Aber wissen Sie was? Kaum bewegte sich die Bahn mit uns fort, da erkannte ich die Strecke. Es ging diesmal rückwärts, das heißt mit anderen Worten: zurück. Ehrlicherweise sage ich Ihnen auch, daß R. es wohl noch eher merkte. Er legte sich nämlich sofort bequem hin, als wollte er mir zeigen, daß er Bescheid weiß. Ich fand das fast ein wenig demonstratief.

Diese sogenannte Rückfahrt ging aber viel schneller, fand ich, und von ferne schon erschnupperten wir die Heimat.

Überraschung, Schreck und andere Dinge

Nachdem sich die Tür unseres Reisekorbs in der Wohnung geöffnet hatte, rannten wir sehr eilig in den kleinen Raum mit den Toilettenkisten. Sie waren noch immer da, und wir konnten endlich unser Geschäft erledigen. Es ist nicht leicht, die ganze Zeit auf einer Reise alles bei sich zu behalten, aber es muß sein. Ich bin sehr auf Reinlichkeit bedacht, darin zeigt sich meine hohe Abkunft, und die Großen haben eine Freude dran, wie ich weiß. Der erste ganze Satz, den ich verstand, lautete auch »Brave Mizzis, das habt ihr gut gemacht« und bezog sich auf das fast geheime Kistchengeschehen.

Kaum war also das erledigt und abgetan, gab es etwas zu essen, in der Küche. Als alles in unseren Bäuchen war, die Teller extra sauber geschleckt und gutes Wasser getrunken, wollten wir uns unter den Schrank zurückziehen, schlafen und die Unannehmlichkeiten der Reise vergessen. Aber, achduschreck, was gab es da für eine verwirrende, ja erschreckende Überraschung! Es tat mir richtiggehend weh, wie durch einen Schlag, den ich nicht verstand noch erklären konnte: wir paßten nicht mehr unter den Schrank! Es ging nicht mehr. Wir versuchten es von vorne und von der Seite – vergebens. Was war geschehen? Auch später, als wir in der Nacht noch mehrmals zurückkamen, blieb es dabei. Der Schrank konnte nicht mehr als

Versteck dienen. Es war vorbei. Nur, wieso? Ich verstand es nicht, und der Bruder schaute tief bedrückt, legte, davor sitzend, seinen runden Kopf zweifelnd außerordentlich schief und maunzte klagend und aufforderisch. Aber der Schrank rührte sich nicht.

Dieses Erlebnis sehe ich als eine der zwei großen Unerklärlichkeiten meines Lebens, nämlich: Warum mußten wir die Mutter verlassen? Was ist eine Maus? und: Warum passen wir nicht mehr unter den Schrank?

Natürlich fanden sich schnell andere Ruheplätze, ein schöner Karton, ein schaukelnder Stuhl mit einer Kuhle drin, der Reisekorb – wir sind nicht allzu nachtragend – und alle Orte, an denen auch die Frau gern sitzt. Und: wir konnten jetzt noch besser springen! Ohne Anstrengung ging es auf einen Stuhl, von da zum brummenden weißen Schrank hinauf, in dem immer Eßbares versteckt wird, von da aus hinunter aufs Fensterbrett, dann wieder auf die lange Fläche, wo es manchmal heiß zischelt und dampft und kocht, dann zum Wasserhahn, wieder auf den Boden und zurück zum Stuhl und so fort und dahin. Immer schneller jagten wir uns, wie im Rausch, bis ich einmal einen äußerst kühnen Sprung tat, dem ein krachend splitterndes Geräusch folgte. Gerade noch gelang uns die Flucht. Von ferne, hinter einen Karton geduckt, lauschten wir und warteten ab. Es kam aber nichts mehr. Leise und dann immer schneller rannten wir zurück. Am Boden vor dem Fenster lagen viele unbekannte Teile. Es waren – Scherben, ja. Auf dem Fensterbrett stand nichts mehr. Wunderbar! Oder doch nicht? Gleichviel, jetzt ging die Verfolgungsjagd noch besser.

Als die Frau, die uns alleine gelassen hatte, mit dem Mann zurückkam, entdeckte sie sofort die Scherben und rief: »Schau mal, was die Mizzis gemacht haben!« Sie hob die Scherben auf, betrachtete sie genau und warf sie dann in einen Eimer. Dabei sagte sie, gar nicht böse, eher sinnend: »Alle vier kaputt. Naja, besonders schön waren sie sowieso nicht.« Der Mann schaute begeistert zu, vielleicht auch uninteressiert. Ich verstehe ihn meist nicht so gut, weder sein Gesicht noch seine Taten. Auch hat er eine laut dröhnende und eine leise Stimme, die beide nicht so gut in meine Ohren dringen. Die Frau hat eine zart-freundliche Stimme, und ich verstehe sie immer und ganz und gar, seitdem sie uns unter dem Schrank hervorlocken wollte mit den Worten, »Kommt ihr Mizzis, koommt«. Nur manchmal, jetzt fällt es mir ein, da stampft sie mächtig mit dem Fuß auf und schreit: »Böse Mizzis!« Meist geht es da um irgendwas, weiß nicht genau.

Ich habe über die Sache mit den Scherben nachgedacht. Das Ergebnis ist Stolz. Ich bin stolz, daß wir der Frau geholfen haben. Wenn etwas nicht besonders schön ist, muß es weg. Dazu braucht sie uns. Ich will sehen, ob

ich auf diese Weise nicht öfter behilflich sein kann. Sie tut ja sonst so viel für uns (warum eigentlich?) und legt jetzt immer die guten Körnchen für uns hin, die wir so gerne knacken und fressen.

In unserem ersten Heim, ich vergaß es zu sagen, gibt es, wie in der Treppenwohnung, auch eine durchsichtige Tür, die in einen Raum an der frischen Luft führt. Wir durften sehr bald dort herumriechen und auf die Möbel klettern. Mich interessierten zuerst besonders die Töpfe mit Erde und Pflanzen drin, und ich fragte mich, ob ich da nicht einmal ein Häufchen – aber die Frau schimpfte, wenn ich es versuchte, also ließ ich es, denn siehe: ich konnte zu meiner Überraschung plötzlich hoch auf den Rand springen, von dem aus man ins Weite sehen kann. Die Großen lehnen sich oft darüber und gucken, auch nachts, und halten dann ein Glas mit einer hellen Flüssigkeit in der Hand und trinken draus. Was ich da alles sah, war einfach sensazionell. Oben war es sehr erhaben blau mit Weiß, gegenüber stand ein riesen(?)haftes, stilles Haus in Grau, vor dem andere Große in Begleitung von viel kleineren Wesen langsam oder schnell dahingingen. Genau wie ich, nur von der anderen Seite, schauten alle in das bewegte äußerst große, vielleicht auch eher kleine Wasser, das zwischen uns vorbeizog. Ab und zu hörte ich so Worte wie: »Da, schau mal, da sind Fische!« Ich sah auch irgend so etwas im Wasser hin- und herziehen, aber ob das nun Fische waren, weiß ich nicht.

Unheimlich aber war das, was in der Luft an mir vorbeiflog. Es waren dies Wesen, die sehr schnell von der einen Seite zur anderen schossen, mal hoch über mir, mal direkt über dem Wasser, und dabei kreischten oder pfiffen sie laut mit ganz hohen und bösen Stimmen. Ich muß sagen, ich hielt sie sogleich und halte sie, die immer nur in der warmen Zeit auftauchen, einfach für verrückt und kümmere mich nicht um sie, selbst wenn sie vor meiner Nase plötzlich einen Bogen fliegen und in die Richtung verschwinden, aus der sie gerade gekommen sind.

Auf diesem Ausguck und Rand erlebte ich etwas, das recht schmerzlich für mich war und auch ein wenig peinlich. Die Frau, die glücklicherweise alles mitbekam, tröstete mich hinterher und streichelte mich. Sie gab mir auch, mich abzulenken, etwas zu naschen, besondere kleine Kugeln, die so riechen, daß man sie sofort fressen will. Die Frau ließ sie vor mir herrollen, und ich konnte hinterherspringen und sie fangen. Das war schön. Manchmal versteckt sie diese Kugeln, und wir müssen sie suchen. Es ist möglich, daß sogar hier welche liegen, ich muß nur mal grad schauen –

– nein, keine hier. Wie auch immer, es war so: Ich saß auf dem Rand in der Sonne, die Verrückten flogen wie verrückt vorbei, aber ich hatte mich an sie gewöhnt. Da kam sehr schnell ein winziges kleines Tier daher, ein Wesen, sirrte ganz fein und bewegte sich frech vor meiner Nase hin und her. Maus? Mausmaus? Ich wurde sehr gierig, sprang mit all meiner Kraft danach – und tat einen sehr furchtbar tiefen Sturz. Ich fiel und fiel, und da war nichts, an das ich mich hätte krallen kön-

nen. Und dann prallte ich plötzlich hart auf. Das tat weh. Schlimmer aber war, daß ich nicht mehr wußte, wo ich war! Um mich herum fand ich bloß Gras. Das kannte ich schon, weil wir es auch manchmal bekommen zum Draufherumkauen. In dem Augenblick saß ich jedoch wie erstarrt. Die Luft wehte, es roch recht gut, glaub ich. So saß ich da, einen Tag lang oder zwei oder auch ein Jahr, magsein, in großer Ratlosigkeit und Verzweiflung. Da kam die Frau eilig angelaufen. Ich hatte sie schon ganz vergessen. Sie nahm mich hoch, und wir gingen nach Hause. Es war nicht weit.

Später hörte ich noch oft, wie sie die Geschichte meines Sturzes erzählte und wie sie das Kratzgeräusch auf der »blechernen Balkonbrüstung« (?) gehört habe, und alle Großen staunten und verwunderten sich über meine Kühnheit, vielleicht.

Aber, und jetzt kommt meine große Genugtuung, kurz darauf hörte ich wieder so ein Kratzgeräusch, eigentlich genau das gleiche, aber diesmal war es mein Bruder, der flog, ja, der, und er flog hinunter und blieb lange weg. Aus Dummheit flog der. Und nicht, weil er einem kleinen, aber bösen Tier zeigen wollte, daß es so nicht geht.

Die Frau holte ihn dann irgendwann zurück. Naja.

Natürlich sind wir beide seitdem nie mehr und nirgends mehr hinuntergefallen. Da können bestimmte Wesen nur so vor unseren Nasen wirbeln und taumeln und flirren – man nennt es, glaub ich, provozzieren –, wir aber bleiben kühl bis ans Herz hinan und liegen nur gemächlich auf dem Rand in der Sonne und schauen. Unten am Wasserrand im Gras finden sich oft so rundliche Tiere ein, die viel schnattern und sogar zetern. Plötzlich aber sind sie im Wasser und fahren darauf herum, und dann, erstaunlich, was sie alles können, machen sie viel Lärm und fliegen davon. Zu uns hoch kommen sie jedoch nie geflogen. Sonst würden wir sie nämlich verhauen, oder mindestens kratzen. Nachts, wenn es dunkel ist am Himmel, oder hell, falls eine kleine weiße Scheibe alles bestrahlt (das ist der sogenannte Mond), sitzen sie zu zweit am Wasser. Sie schlafen vermutlich oder denken sich etwas aus. Ich hatte mal kurz den Eindruck, sie heißen »Anten«. Unsere Großen sind ihnen wohl ziemlich gewogen, aber das macht mir nichts, denn sie füttern sie nicht, und hereinkommen in die Wohnung dürfen sie auch nicht. Da würden sie uns aber kennenlernen!

Was es alles für Wesen gibt! Und wie viele! Es gibt auch ganz kleine, die klettern an den Wänden in der Wohnung herum, und ich kann sie fangen und zerbeißen. Manche gehen auf dem Boden hin und her. Sie sind kleiner als eine Kralle von mir, und sie zu essen lohnt sich nicht, aber ich schnappe sie, der Ordnung halber. Das ist mir sehr wichtig, daß alles eine Ordnung hat. Aber immer, wenn ich denke, jetzt weiß ich alles, und so bleibt es fortan, kommt doch wieder etwas Neues dazu, und die Unordnung nimmt überhand, und ich weiß nicht Bescheid. Davor fürchte ich mich. Natürlich sind daran unsere Großen schuld, gerade auch die Frau. Warum denken sie sich auch immer wieder etwas Neues aus und zwingen uns, es zur Kenntnis zu nehmen oder auch mitzumachen? Ärgerlich ist das. Und verstörend.

Was halten Sie etwa vom Folgenden?

Eines Tages kamen sie nach Hause. Sie verhielten sich ganz normal, riefen uns, streichelten uns und ließen uns an ihren Händen schnuppern. Der Mann stellte eine Tasche ab und nahm etwas aus ihr heraus, einen braunen Gegenstand. Er steckte einen kleinen Schlüssel in ihn hinein und drehte ihn so, wie er es bei der tickenden Uhr immer macht. Es war aber keine Uhr, denn er setzte das Ding auf den Boden. Es war halb so lang wie ich und marschierte mit seinen Beinen sofort los. Entsetzt schossen wir davon. Als wir nach geraumer Zeit wieder zurückkamen, hatte es schon das große Zimmer fast ganz durchschritten und bewegte sich immer noch. Dabei schnarrte es irgendwie. Da nahm es der Mann, drehte es um, und es ging wieder zurück in die andere Richtung. Es kümmerte sich überhaupt nicht um uns. Mir fiel eine gewisse Ähnlichkeit mit meinem Bruder auf – es war rundlich und hatte einen dunklen Pelz –, aber es roch nach gar nichts. Unheimlich war das. Es schnarrte und stapfte und blieb dann auf einmal stehen.

Ramirez, sehr tapfer, war ihm gefolgt, versetzte ihm einen Hieb hinter sein rundes Ohr, zuckte zurück und wartete mit erhobener Pfote drohend ab. Es kam aber nichts. Das Ding, obwohl es wie ein Tier wirkte, rührte sich nicht. Es konnte nur das Eine – Geradeausgehen, und auch das nur, wenn der Mann vorher den Schlüssel hineingesteckt hatte. Es war einfach unter unserer Würde, uns dafür länger zu interessieren, und wir trugen also die Nasen extra hoch und gingen dann absichtlich in das andere Zimmer.

Die Großen boten uns das seltsame Nicht-Tier noch mehrfach an, aber wir wiesen es ab. Sie hatten sich irgendwas davon erwartet und versprochen, und ich fürchtete, zurecht, wie sich herausstellte, daß sie uns immer wieder überraschen und überrumpeln würden, weil sie einfach nicht merken wollen, daß wir es nicht schätzen, überrascht und überrumpelt zu werden.

Ein Tag, wie er uns gefällt, ein ordentlicher Tag, sollte so aussehen:

Am Morgen wird die Frau schnell wach, wenn wir im Bett auf ihr herumgehen und Sprünge machen. Sie läuft gleich in die Küche und gibt uns Futter und Wasser. Ab und zu stellt sie ein wenig Milch daneben. Wenn es draußen warm ist und die Sonne scheint, setze ich mich anschließend ins offene Fenster im Schlafzimmer und wärme mich. Große, mir unbekannte Wesen, die unten ins Haus gehen, sprechen mich dort manchmal an (Wissen Sie, was ein sehr törichtes einmal rief? »Spring doch, Mietzekatze!«), aber ich antworte gar nicht. Ist es kühl, dürfen wir uns die besten, ruhigsten Plätze in der Wohnung aussuchen und so lange ruhen, wie es uns gefällt. Schließlich wache ich wieder auf und fange an, den Bruder etwas zu ärgern. Wir rennen aus Übermut herum, drohen und kämpfen, bis wir herausgefunden haben, wer der Stärkere ist (ich). Meist hat sich die Frau schon einen schönen Sitzplatz gesucht, und ich kann mich neben sie legen und mein Fell bürsten lassen. Bald darauf kommt der Mann und ärgert auch den armen R., indem er ihn auf den Rücken dreht und seinen Bauch knetet. Das sehe ich gerne, wenn er, mein Bruder also, so ergeben mit erhobenen Vorderbeinen und eingeknickten Pfoten an die Decke schaut. Ist das vorbei, lauern wir alle beide, ob bei der Nachmittagsmahlzeit – sie nennen es »Tee« – nicht etwas für uns abfällt.

Ein guter Tag zeigt sich auch bei der längeren Mahlzeit der Großen, mal ist sie mittags, mal abends. Es fängt schon gut an, wenn sie nicht merken, daß wir uns im Zimmer versteckt haben. Ist dann ihr erster Bissen auf dem Eßbesteckteil, zack, sind wir auf dem Tisch und stehen genau zwischen den Tellern oder Gläsern. Sehr gekonnt ist das! Das hat uns die gute Mutter gelehrt, glaub ich. Die Großen fauchen uns an und scheuchen uns hinunter – besonders die Frau! –, aber oft haben wir dann schon etwas vom Teller gekrallt, tragen es schnell weg und verschlingen es unverzüglich. Schön ist es auch, wenn wir ganz unschuldig tun und uns nur auf den Boden setzen und den Mann schmeichelnd anstarren (bei der Frau lohnt es sich nicht, sie ist da ganz hart und kalt zu uns). Wir starren und starren, dann legt R. seine Pfote auf das Knie des Mannes und legt auch den Kopf noch schief, und der Mann ergibt sich auf der Stelle. Manchmal bekommen wir von ihm sogleich wunderbar große Brocken, jeder einen. Mehrfach waren es auch schon zwei für jeden von uns. Das sind dann solche Augenblicke, wo ich ganz andächtig werde und glaube, daß er in Wirklichkeit ein Heiliger ist oder ein König oder ein Präsident von irgend etwas.

Es kam schon vor, daß wir mittags und abends und beim Tee etwas von ihm bekamen und dazu sowieso die guten Körnchen morgens und abends von der Frau. Das sind dann zauberschöne Glückstage. Von meinem Bauch aus strömt die Zufriedenheit in Wellen weich und mild überallhin, in alle meine sämtlichen Pfoten, in die Ohren und bis in meine weißweiße Schwanzspitze, so daß sie fast zu glühen anfängt. Ach, ist es dann süß, sich an einem sicheren Platz einzurollen, zu dämmern und wieder sachte ganz einzuschlafen. Es ist dann alles fast wie früher oder dortmals bei unserer Mutter.

Wenn die Sonne später an der anderen Seite der Wohnung scheint, da, wo das Wasser ist, verbringen wir viel Zeit in dem offenen Raum mit den Pflanzen, und dort sind wir auch nachts, weil wir einfach überall hindürfen.

Schön und in Ordnung ist alles, wenn ich weiß, wo die Frau immer ist. Dann bin ich sehr froh. Denn, wie sollte ich ohne die Frau leben? Ich bringe ja die Dose, in der sie die Körnchen versteckt, gar nicht selber auf! Meinen Sie, Ramirez könnte es? Ha! Eben! Der schon gleich gar nicht. Und der Mann? Er kann die Dose aufmachen, das weiß ich, und er füttert uns ja gerne, aber alles andere? Ich weiß nicht, ich weiß nicht. Er müßte da noch einiges lernen.

Und noch etwas. Ich spreche die Frau oft an, um mich ihrer zu versichern. Wenn sie heimkommt, zum Beispiel, gehe ich gleich hin und sage: »Mau« oder »Miau«, und sie antwortet immer und sagt: »Ja, mein Miezlein, was ist?« oder »Ja, Mizzi, da bist du ja.« Oder, wenn ich gerade auf dem Bett liege und angenehm döse, und sie kommt herein, um irgendwas zu tun – sie tun andauernd was, alle beide –, hebe ich den Kopf und sage: »Miau?« oder »Mau?«, und sie antwortet immer, auch wenn sie es eilig hat. Da weiß ich, daß alles in Ordnung ist, und wie es sein soll und ich es will.

So haben wir eine schöne Festigkeit und Sicherheit. Trotz mancher Wirrnisse und Bitterkeiten, von denen ich noch erzählen will, finden wir immer dahin zurück.

Um die Beschreibung eines guten Tages noch abzuschließen (Sie sehen auch hierin wieder einen Beweis meiner Ordnungsliebe):

Wenn es schon lange dunkel ist, und die Frau hat sich aber noch immer nicht ins Bett gelegt, sondern lagert im großen Zimmer und redet und redet mit dem Mann, beobachten wir sie genau. Geht sie dann endlich hinaus, zieren wir uns nur noch kurz, bevor wir ihr ins Bett folgen. Mein Platz muß immer an ihren Füßen sein, und der Bruder, der wohl gar keinen Sinn für Unabhängigkeit hat, setzt sich direkt auf sie drauf! Oft so, daß er mit seinen vorderen ausgestreckten Pfoten fast ihr Gesicht berührt. Nicht selten bemerke ich, wenn ich kurz noch weggehe, um etwas zu überprüfen, und dann wiederkomme, daß sie – die Frau und der Bruder – sich unverwandt anschauen! Das macht er, wenn sie sich noch nicht flach hingelegt hat, und es stört ihn gar nicht, daß sie dann ein Buch nimmt (dazu gleich mehr) und noch drin liest. Er schaut trotzdem geradeaus, wie durch das Buch hindurch. Ihm gefällt's. Um zu schlafen, dreht sich die Frau allerdings auf die Seite, und da sind die Plätze so verteilt: ich in der Kniekehle, R. in Kopfnähe. Später kommt der Mann hinzu und drückt uns wie beiläufig noch ein wenig. Schließlich macht er die Lampe aus. Ich höre ein bißchen zu, wie R. schnurrt, dann schlafe auch ich sehr friedvoll ein.

So will ich es haben, und so sollte es auch immer sein, oder doch fast immer. Ich kann das verlangen.

Und, übrigens, das braune Nicht-Tier, wissen Sie, was aus ihm geworden ist? Wenn die Großen die durchsichtige Tür aufmachen, damit wir hinausgehen können, schieben sie es so hin, daß es den Aufprall bremsen würde, sollte die Tür zufliegen. Das Tier muß, wohl zur Strafe für irgend etwas, die restliche Zeit unbeweglich dort in der Nähe stehen und auf diesen einen Einsatz warten. Ein eigenartiges Schicksal, wenn ich bedenke, daß es auch nie mehr im Zimmer herummarschieren darf. Fast könnte es einem leid tun. Nein, besser nicht.

Zu unserem Alltag gehören noch zwei Merkwürdigkeiten, die ich jetzt gleich erledigen will. Auf sie hat uns das erste Leben auf dem Stroh in der Scheune nicht vorbereitet. Lange habe ich überhaupt nicht gewußt, wie ich diese Dinge nennen sollte. Jetzt aber, wo ich schon zwei Tage oder magsein Wochen bei dem Mann und der Frau wohne, beherrsche ich einfach alle Wörter; so, nur als Beispiel, das Wort Hirtentäschelkraut, das ich aber nicht allzuoft verwende.

Hier nun soll es um zwei Wörter gehen, nämlich »Buch« (wenn es viele sind, »Bücher«) und »Musik«. Musik kommt von irgendwo her und heißt immer Musik, auch wenn es viel ist. Sie dauert immer sehr lange und dringt über die Ohren in den Körper ein, aber das wissen Sie vielleicht schon. Der Mann kann, wenn er Musik hört, dabei noch lesen, auf dem karierten Holzbrett schwarze und weiße

Figuren hin- und herschieben, essen und trinken oder etwas schreiben. Mal ist die Musik sehr laut, mal nur ein leises, oft recht unangenehmes Zirpen, Raspeln und Rauschen, mal singen welche sehr durchdringend hoch und spitz (ich denke dann immer an die Verrückten über dem Wasser), mal ganz tief brummend. Ich kann nichts besonders Gutes daran finden und lasse alles über mich hinwegtönen. R. macht es genauso, nur manchmal, wenn es von einem Moment auf den anderen ein großes Getöse gibt, zuckt er mit einem Ohr, meist dem linken. Das ist alles.

Oft merke ich, daß die Großen über diese Musik auch noch reden, in der letzten Zeit besonders viel über die Musik eines gewissen Putschini oder Putschi, um den es am Anfang unseres Zusammenlebens ebenfalls häufig ging, immer wieder Putschi. Damals geschah das in Verbindung mit einem gewissen Fantschulla, den ich mir gar nicht erklären kann. Ich komme aber noch dahinter!

Mit Büchern wiederum können unsere Großen nicht viel Krach machen. Dafür nehmen sie sie überall mit hin. Bücher findet man hier in fast allen Zimmern, in der Treppenwohnung und in der anderen, von der Sie noch hören werden. Bücher dringen durch die Augen ein (man liest sie), und nicht, wie ich erst vermutet hatte, durch die Nase. Sie sind für mich und für meinen Bruder ganz ohne Belang. Ich jedenfalls brauche weder diese Musik, ganz gleich, ob von Putschi oder von wem, noch diese Bücher, da mir der Sinn nach höheren Gütern steht, nach Wärme, Stille, weichen Lagern, wunderbaren Gerüchen und guten Mahlzeiten, nach allen Arten des Schlafens, vom Einnicken übers leichte Dösen und Schlummern bis zum Tiefschlaf, der allerdings jederzeit wieder unterbrochen werden kann.

Alles dies erwarte ich in einer ordentlichen Reihenfolge und Verläßlichkeit, bestmöglich und optimahl.

Fast verachte ich die Großen ein wenig, wie sie so dauernd hin- und hergehen und etwas machen und tun und aus dem Haus gehen und dann wiederkommen, und dann bringen sie jemanden mit, ein anderes Wesen, groß oder klein oder mehrere Wesen gemischt, dann klingelt es, und es kommen Wesen auch von selbst oder bringen irgend etwas und stellen es uns in den Weg, und alle nehmen irgendwo Platz weg, unseren Platz!!, und machen Wind und Wirbel und grobe Geräusche und alles – verzeihen Sie, ich muß mich mal eben unterbrechen, der Gedanke an das alles regt mich sonst zu sehr auf.

Viel Zorn

Haben Sie sich schon einmal überlegt, warum wir eigentlich bei diesen sogenannten Großen, auch Mann und Frau (Brüder?) genannt, oder Wesen oder was, sind? Warum wir bei denen wohnen?

Ich denke oft darüber nach, besonders vor dem Frühstück und vor dem Abendessen, wenn ich etwas unruhig werde. Ich will damit nicht sagen, wir hätten bei unserer Mutter bleiben sollen; wir wollten ja noch mehr erkunden als nur unsere Scheune da drunten, und unsere Großen bieten erstaunlich viel Zerstreuung und Abwechslung, wenn auch manchmal allzuviel davon. Und überall, wo sie uns hinschleppen und -bringen, warten gutes Essen, weiche Kissen, die Häufchenkisten und so weiter auf uns. Das ja. Trotzdem: Wäre nicht auch etwas ganz anderes denkbar, ein Anderes Leben? So etwas Freies oder im Freien, wo man sehr schnell sein muß und mit aller Kraft in weiten Sprüngen dahinstürmen kann und wo man ein andermal wieder lauert und wild zupackt und die Krallen tief einschlägt und festhält und zubeißt, in warmes kleines böses Fleisch, in Fell und Knöchlein, und sie knakkend kleinbeißt und niedermacht. Das wär's! Das wäre schön, das gefiele mir! Das steckt auch heute noch in mir, oder steckte jedenfalls, und brodelt noch manchmal in mir hoch, wenn ich mich ärgere oder meine Ruhe gestört wird oder es dauernd donnernd an der Tür klingelt und fremde Wesen hereinkommen. Dann taucht eben auch die Frage auf, warum ich ausgerechnet hier bin.

Es gab einmal eine Zeit, da hörte der Strom der Besuchswesen nicht und nicht auf. Schon allein die Klingel! Sie sticht mit zwei scharfen Tönen wie mit zwei Blitzen ins Ohr, so daß wir sofort um die Ecke ins hintere Zimmer fliehen, von wo aus wir die Eindringlinge belauern. Ramirez wagt sich – was sage ich: ich wage mich meist vor und schleiche an den Wänden entlang zum Wohnzimmer. Wenn die fremden Wesen ihn, das heißt, mich sehen, löst das meist ein Geschrei aus. »Ach, eure Katze!« und: »Wo ist denn die andere?« wird da gerufen (übrigens nie »euer Bär«, obwohl wir einwandfrei Bären sind!), und wir werden gelockt mit scheußlichen Stimmen, und unsere Frau erklärt, daß wir eher scheu seien. Jaja! So lügt sie. Dann reden und reden sie alle wie nicht ganz bei Trost und kriegen auch etwas zu essen (»Tee«), und die Großen sehen es gar nicht gern, wenn wir uns, wie sonst auch, etwas von einem Teller nehmen. Denn auch ich überwinde schließlich meinen Stolz und trete auf, um mich zu zeigen, wenn auch nicht für lange.

Zweimal und dann noch zweimal kam ein Wesen wie unsere Frau daher und brachte ein ähnliches, aber vielviel kleineres Wesen mit. Es wackelte beim Gehen und war dick gepolstert in einer Art Gesamtüberzug, so daß ich nur sein glattes helles Fell an den freien Händen (die waren nett) und natürlich im Gesicht sehen konnte. Auf dem restlichen Kopf hatte es freilich Haare, wenn auch nur kurze. Dort, wo bei allen Wesen und Tieren meist der

Mund ist, steckte ein Ding, das die anderen »Schnuller« nannten und um den sie, wie mir schien, ein unnötiges Getue machten. Das kleine Wesen ließ ihn nämlich bei meinem Anblick sogleich herausfallen, aus dem Mund, worauf das große Begleitwesen ihm jenen Schnuller unter allerlei unverständlichen Lauten wieder hineinschob. Das Kleine spuckte ihn bald wieder heraus, so daß er von allen unbemerkt und von ganz alleine unter ein Schränkchen lief, wo er – und jetzt passen Sie auf – noch heute liegt! Also wissen Sie! Erst dieses Gemache mit Abwischen und Herumreden und dann einfach liegen lassen; sehr unordentlich, das. Wir versuchten mehrfach, an das Ding heranzukommen, es verlor dann aber seinen Geruch und wurde uns vollkommen gleichgültig. Schade eigentlich.

Die Hände des kleinen Wesens rochen fremdartig, aber harmlos, und so blieb ich ganz still stehen, als es auf einmal täppisch mit einer Hand in mein Fell hineinfaßte, als wollte es sich abstützen, und dann mit der anderen einen Brokken seinem eigenen

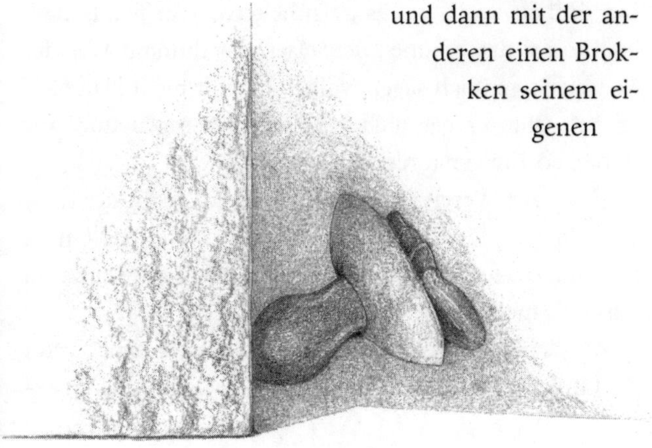

Mund zuführte. Ich verfolgte sehr genau, wie das Eßbare langsam sich der Mundöffnung näherte, sie nicht gleich traf (ich begann zu hoffen), dann aber doch darin und ganz verschwand. Die Zutraulichkeit hatte mir gefallen, weniger naturgemäß jetzt das mit dem Brocken, weswegen ich auch gleich wieder ging.

Ich erkannte das Kleine beim nächsten Besuch jedoch sofort wieder und setzte mich zu ihm auf den Boden. Es sprach mich sogar mit »Miezi« an und streckte die Arme nach mir aus, und es hätte zu einer Freundschaft zwischen uns kommen können, wäre es das wiederum nächste Mal nicht mit einem noch kleineren Wesen erschienen, das sich als äußerst fragwürdig erwies. Schon beim Hereinkommen hatte dieses seinen großen Mund (ohne Schnuller!) stark geöffnet und war in ein zorniges Schreien ausgebrochen, bevor es uns überhaupt richtig gesehen hatte. Es hatte sowieso keinen Blick für uns und konnte nichts anderes als schreien. Das ihn begleitende Wesen, mein Fast-Freund und unsere Frau schoben ihm allerlei hin und zu, wohl um es aufzuheitern, aber nichts half, auch nicht das braune Nicht-Tier, das dumme. Was der Schreier eigentlich sagen wollte, war mir nicht klar, vielleicht wollte er gar nichts Bestimmtes sagen und war immer so. Ein verstörender Gedanke.

Diese Art Wesen ist selbstverständlich nicht der richtige Umgang für Bären. Wir brauchen nicht jede Unbill zu ertragen, und so sah uns dieser Besuch nur kurz und dann nie mehr wieder.

Als gleichfalls verstörend erlebe ich es jedesmal, wenn die Großen, also die Unseren, immer welche anderen extra von draußen mit hereinbringen, die dann oft nicht mehr weggehen und hocken bleiben auf unseren Plätzen und den ewigen blöden Tee bekommen mit Essenszeug.

Einmal kamen zwei herein, die mir erst ganz gut gefielen, weil sie sich korrekt verhielten und uns leise und fast beiläufig begrüßten und nicht schon bei unserem zweifellos raren und ecksquisieten Anblick (verglichen mit dem ihren!) zu lärmen anfingen. Sie rochen auch recht vertrauenerweckend. Das eine Wesen hatte allerdings harte kleine Schuhe an, mit denen es wie in den Boden hineinhackte und -klopfte, wenn es herumging. Das machte mich schon mal reichlich nervös.

Sofort fingen alle an zu reden. Und was für ein Zeug und einen mausmäßigen Unsinn! Manchmal redeten sie alle donnernd durcheinander, daß es nur so schepperte und krachte, dann lachten sie wieder wie besinnungslos. Die Unseren mußten immer Neues zu essen und zu trinken herbeischleppen, so daß uns ganz bange wurde. Denn nicht selten wird darüber unser Nachtessen vergessen oder zumindest verschoben, weitweit weg. Sie sagten dann so elende Sätze wie: »Das kann man aber nicht romanntisch nennen«, oder »Besonders stringent oder jedenfalls suppkulturell ist das auch nicht.« Stringent! Was für ein perfekt mausdoofes Wort. Und suppkulturell erst! So einen abgründigen Schmarren aber gaben diese Neuen dauernd eifernd von sich. Wo es doch so schön gewesen wäre zu schweigen!

Ich und der Ramirez gingen immer wieder ins große Zimmer hinein, um zu schauen und ein Zeichen zu geben; man nahm uns aber gar nicht wahr. Das Harte-

Schuhe-Wesen fing zudem an, immer öfter in die Unterhaltung mit spitzer Stimme »Wieso?« hineinzurufen, einwandfrei, damit die anderen ihm, dem Wesen, alles noch mal erklärten und alles noch viel länger dauerte. Trotzdem quiekte es bald darauf schon wieder »Wieso?« oder ganz schrill triumphierend: »Das sti-himmt nicht!« So ging das Gerede und Gezeter immer weiter. Unsere Frau warf mir kurz einen hilflosen Blick zu, aber was sollte ich tun? Dem Mann glänzten schon kleine Wasserperlchen auf der Stirn, weil ihn alles so anstrengte, glaube ich.

»Wieso?«

Ramirez lief derweil im Flur umher und zitterte, vor Wut vermutlich. Würden die denn nie gehen? Und unser Essen? Ich setzte mich schon vorsichtshalber in die Nähe der Küchentür, damit ich dann gleich beim Teller wäre. Aber auf einmal merkte ich, wie der Bruder sich straffte. Er ging mit steil erhobenem Schwanz ins große Zimmer. Ich folgte ihm bis zur Tür und sah, wie er auf den Stuhl neben dem Tischchen mit den Figuren auf dem schwarzweißen Brett sprang.

Was hatte er vor?

Sie müssen wissen, daß wir das Brett sonst immer respektvoll meiden, da wir merken, wie wichtig es für den Mann ist. Wenn er davorsitzt und die Figuren, die seltsamen, vor- und zurückschiebt oder eine vom Brett nimmt und beiseite stellt, sieht er immer ernst, fast mürrisch aus. Dann hört er auch nicht, wenn die Frau etwas zu ihm sagt. Hört er aber auf, stehen sich die Figuren, es sind etwas mehr als zwei, in zwei schönen geraden Reihen gegenüber, und das Gesicht des Mannes sagt ungefähr: Ich habe etwas geleistet. Nur – was? Uns bleibt der ganze Vorgang verschlossen, aber wir stören dabei nicht. Die Frau meidet das Brett ebenfalls und tut auch nie mit. Sie darf die Figuren allenfalls unter der Liege suchen, wenn der Mann mit seinen plumpen Händen (das kann man wohl sagen) mal wieder eine verloren hat.

Ich hielt also die Luft an, als ich den R. in der Nähe des Brettes sah. »Das stimmt nicht!« schrie das schrille Besuchswesen. R. stieß sich ab, landete lautlos und ungesehen genau zwischen den zwei Figurenreihen und hockte sich nieder. Seine herunterhängende Schwanzspitze, ich sah es ganz genau, zuckte leicht hin und her. Er schaute wie brütend vor sich hin, nur seine Ohren waren vibrierend auf die Großen gerichtet und ihr Toben und spielten ein wenig, besonders das linke.

»Wieso-o?«

Da stand R. mit einem Ruck auf, hob die rechte Pfote und schubste gezielt zwei Figuren vom Brettrand. Bei ihrem klappernden Aufprall auf dem Boden schrak die Frau auf und erhob sich. Rasch, aber auch gelassen erschien R. wieder im Flur, ich schloß mich ihm an, und wir

verschwanden im hintersten Zimmer und lauschten. Er schaute mich an. Sein Blick sagte, »Wirst schon sehen!« und tatsächlich, es lärmte nur noch kurz im Zimmer, dann standen alle geräuschvoll an der Wohnungstür herum, und endlich waren die anderen draußen, und es herrschte eine freundliche, ja erleichterte Stille. Schon gab es auch das schöne Klirrgeräusch, welches die Körnchen machen, wenn sie auf unsere kostbaren Essensteller fallen.

Der Bruder hatte uns alle gerettet! Ich hatte mich schwer in ihm getäuscht und war beschämt. Auch verstand ich von der Unterhaltung zwischen dem Mann und der Frau am Abend soviel, daß ich sagen kann, sie teilten meine Bewunderung. Ich glaube, die Frau sagte sogar: »Wir wären sie ja sonst gar nicht mehr losgeworden!« Sie sagte auch noch etwas von wegen einem »Sümbol«, aber das verstand ich nicht. Macht nichts. Noch Jahre, ja Minuten später sah ich schwer beeindruckt zum Bruder auf und tat kurz, oder jedenfalls fast, Abbitte für die Verachtung, die ich oft für ihn spüre, oder jedenfalls bis dahin spürte.

Das war das eine Hauptereignis dieser Zeit. Das andere war verwirrend, weil beunruhigend und ermutigend zugleich. Möglicherweise war es ganz folgenlos für mich und den Bruder, aber sicher bin ich mir nicht.

Es war nämlich ein sogenannter »Arzt«-Besuch. Schöner Arzt!

Wir lernten dieses weiße Wesen eines Tages kennen, als uns die Großen im Korb nicht wie sonst zur Eisenbahn brachten, sondern in ein anderes Haus, das äußerst seltsam roch mit einer Spur von etwas sehr Unheimlichem. Wir saßen deswegen eng aneinandergedrückt im Korb und lauschten nur widerwillig dem, was uns die Frau zuflüsterte: Wir seien brave Tierchen und bräuchten also keine Angst zu haben. Sie versteht von manchen Dingen gar nichts, finde ich. Denn neben uns stand ein Korb oder eine Kiste mit einem Tier drin, das uns sehr fremd schien. Es schnaufte anders, und wir nahmen in Wellen eine Witterung von ihm auf, die uns das Fell sträubte. Es ging aber gut aus, denn das Tier blieb drin, und der Weiße, den ich instinktief nicht mochte, fingerte anschließend nur überall an mir herum, machte mir den Mund auf und schaute sich meine Zähne an (ein Depp, nicht wahr?) und pikste mich dann zweimal ganz fein. Ich fand das nicht schlimm, aber ein wenig entwürdigend und wollte mir so etwas nicht noch einmal bieten lassen. Die Extraportion Körnchen, die es zu Hause gab, die nahm ich natürlich trotzdem freudig an.

Doch bald schon wieder oder auch viel später geschah schon wieder das gleiche! Schon wieder beim sogenannten Arzt! Schon wieder auf dem Behandlungstisch! Man würde mich kennenlernen!

Als erstes brachte mich niemand aus dem Korb heraus. Ich stemmte mich so sehr dagegen und krallte mich so fest in das Polster, daß ich nicht fortzubewegen war. Der Weiße ließ ermattet von mir ab und besprach sich mit den Unseren. Dann versuchte es der Mann. Vergebens, da nun auch Ramirez eingriff und sich mit mir wehrte. Die Frau traute sich erst gar nicht, mich herauszuholen. Auch ihr Flüstern und Einsagen nützte nichts. Jetzt wäre wieder

der Weiße drangewesen mit dem Zerren, und er zog sich schon dicke lange Handschuhe an, da aber packte mich der größte, gewaltigste und allerriesigste Mausmauszorn, den ich je empfunden habe. Ich fühlte, wie ich von Riesenkräften aufgebläht und gestärkt wurde und wie meine Krallen und Zähne länger und immer fester wurden. Als ich bis zum Bersten voller Kraft war, sprang ich auf den Weißen zu und versetzte ihm einen derartig feuerflammenden Hieb auf den Kopf neben die Nase, daß er schrill und wie von Sinnen aufkreischte, sodann in einem langgezogenen Jaulen zu Boden ging und sich dort fauchend in seinem dunklen Blute wälzte, wobei er mit den Armen und Beinen wie rasend um sich schlug.

Ich beugte mich in aller Ruhe über den Tischrand, um dem Tobenden zuzuschauen, und als ich bestätigt fand, daß er gedemütigt und wohl für immer unschädlich gemacht war, zog ich mich tief befriedigt, ja befriedet in den Korb zurück und putzte mich und leckte auch ein wenig den R. ab, denn er sollte auch etwas von meinem Triumph haben.

Dann muß ich wohl eingeschlafen sein.

Als ich aufwachte, war ich zu meiner Überraschung bereits wieder zu Hause. Aber kaum hatte ich gedacht, das ist ja noch mal gut gegangen, da merkte ich, daß das Gegenteil stimmte. Als erstes nahm ich das Gesicht des Mannes wahr, der mich unerklärlich besorgt ansah, wie ich im Reisekorb saß (das Türchen stand offen). Er fragte mich: »Na, Miezerl, geht es wieder?« Als ich aufstehen wollte, spielte irgend etwas mir übel mit, und ich kam kaum hoch. Ich war so geschwächt (wovon?), daß ich nicht die

Beine geradedrücken konnte und dann, achduschreck, auch noch aus dem Korb fiel und auf den Boden plumpste wie zwei Zentner (?) schwer. Da lag ich dann wieder eine Weile. Das war hart und dem Selbstbewußtsein nicht sehr zuträglich, das können Sie mir glauben. Vor den Augen sah ich grüne oder graue Nebel und Flecken ziehen. Der Mann half mir auf, streichelte mich und sprach freundlich auf mich ein wie sonst nur die Frau. Das war kein gutes Zeichen. Ich war aber froh, daß, wie sich bald herausstellte, die Frau nicht da war – sie mußte zu der Zeit manchmal fort – und mich nicht in diesem Zustand sah, diesem lächerlichen und erbärmlichen. Das hätte ihr vielleicht weh getan. Oder eher mir.

So schlurfelte und humpelte ich lange durch die Wohnung und traf hin und wieder auf R. – ich vermute, daß er es war. Einmal sah ich ihn vor der offenen Tür des Schlafzimmerschranks sitzen und hineinstarren. Er war offensichtlich auch beschädigt. Aber wodurch und wie? Warum kam ich nicht aufs Bett mit den schönen Kissen und alles? Außerdem hatte ich Schmerzen. Dort, wo mein edler Schwanz an meinen doch sonst so tüchtigen Körper angewachsen ist, das heißt, eigentlich etwas tiefer, schien mir etwas zu fehlen. Da waren früher zwei so rundlich feste Bällchen angebracht gewesen, mit Fell überzogen. Dort tat es jetzt weh. Beim R. hatte ich sie auch gesehen, und bei ihm, das sah ich später, waren sie ebenfalls fort.

Damals war ich zu müde und matt, um darüber nachzugrübeln, später vergaß ich es gerne, und heute ist es mir gleichgültig geworden. Die Bällchen, falls es sie denn gegeben haben sollte, waren wohl nicht wichtig gewesen.

Immerhin waren wir beide, der Bruder und ich, dann wieder wach und frisch, als die Frau irgendwann zurückkam, und unser gutes Leben konnte weitergehen. Da endlich fiel mir auch wieder die ganze Geschichte von meinem Kampf mit dem Weißen cin. Was wohl aus ihm geworden ist? Dem »Arzt«? Leid tut er mir nicht, oder täte er mir schon, wenn –

– wissen Sie, was mich doch sehr wundert? Die Unseren hätten doch mit mir schimpfen müssen. Eigentlich dürfte ich doch nicht jemanden niedermachen und fertig, mit dem sie gerade noch freundlich geplaudert haben. Sie hätten uns aber auch nicht zu dem Weißen bringen sollen, das war unnötig und unbedacht, und falls es in einem Zusammenhang mit meinem Torkeln und der starken Schwäche stand, die mich zu Hause befiel, dann war es auch grausam, jawohl. Aber unsere Frau ist nicht grausam, nie, sondern nur immer gut und brav. Kurzum, es bleibt ein geheimnisvoller und letztlich unauslotbarer Vorgang.

Eines aber ist doch sicher, eines hat Bestand und bleibet: Der Sieger über den Arzt, über den weißen sogenannten Arzt, das bin ich, Miez, Edler von Bär.

In der Folge dieser ganzen Aufregungen oder auch möglicherweise unabhängig davon und schon einige Jahre vorher, wer kann das so genau sagen, wurde ich etwas krank. Vielleicht ist es aber auch keine Krankheit, sondern eine etwas mühsame Art des Zeitvertreibs, weiß nicht genau. Jedenfalls merkte ich auf einmal, daß das Essen, jenes weiche, das in Dosen versteckt ist und das immer sehr verführerisch riecht und das wir bisweilen nur bekommen, nach dem Hinunterschlucken wieder aus mir herauswollte. Ich mußte plötzlich laut und schlimm würgen. Da rannte ich aus der Küche, und alles brach stoßartig aus mir heraus. Ich war sehr verwirrt (nicht so, wie bei jenem Arztbesuch, sondern nur kurz) und wußte nicht, was ich machen sollte. Mich packte ein Widerwillen vor dem Herausgebrochenen, und ich schämte mich dafür und fühlte mich schlecht. Ich lief wie kopflos herum, aber da spürte ich plötzlich eine weiche Pfote auf meinem Rücken. Es war der Bruder. Er war mir nachgefolgt und schaute mich nun aus seinen großen gelben (?) Augen treu und sorglich an. Da merkte ich etwas von dem festen Band, das uns zusammenhält und -schnürt und das schon so viele Tage, Sekunden, Jahre und vielleicht sogar Wochen. Alles haben wir bis jetzt zusammen gemacht, Reisen, Spaß und Kummer, Prügeln, Arzt und Schlaf – immer zu zweit –, bis auf die tollen Dinge, die ich alleine trieb, natürlich. Sie werden davon zu gegebener Zeit hören.

Meine Krankheit, oder was es war, gefiel Ramirez so gut, daß er sie auch bekam. Oder ihm gefiel die Besorgnis der Frau, die nämlich auch in der Nacht, wenn sie uns würgen hörte, immer aufstand, uns streichelte und gut zuredete und die Häufchen Gebrochenes gleich wieder wegtat, damit sie uns nicht in der Nase ärgerten. Dann wurde R. einmal wirklich krank und wollte gar nichts mehr tun und auch nicht essen. Er war aber, wie alle Bären, klug und legte sich auf ein Kissen im schaukelnden Stuhl, rollte sich ein und schlief. Die Frau deckte ihn mit einem seidigen Tuch zu und sah öfter nach ihm.

Derweilen malte ich mir aus, wie schön das Leben wäre ohne den ewigen Bruder. Ach, wie schön! Alles Essen ganz für mich allein und die Frau für mich! Aber wenn die Großen mal nicht da wären, was dann? Sehr öde wäre es wohl an diesem Ort, und ich müßte zur Unterhaltung auf die winzigkleinen schon erwähnten Wesen in der Wohnung zurückgreifen und die jagen; was heißt »jagen«, ich bin ja doch sowieso schneller als sie, und sie würden mich bestimmt nicht jagen, dazu fehlt ihnen ja alles. Also war das auch nichts.

So kam es mir gut zupaß, daß R. in Bälde wieder aufstand, von der Frau maunzend eine außerplanmäßige Mahlzeit forderte und auch bekam, alles wegfraß, wobei er mich dauernd mit seinem ganzen dicken Körper fortstieß, sich anschließend putzte und schon wieder zu allem bereit schien. Bei der nächsten Gelegenheit, als die Großen nicht da waren, jagten wir uns wieder und prügelten uns wie frisch entfesselt, und ich bekam meinen berühmten unbändigen zweifachen Mausmausmaushaß – jawohl!! – und schlug dem R. meine Pfote in die Nase, daß tatsächlich ein Streifen Blut erschien und R. wie vernichtet umsank und sogleich Ergebenheit und Aufgabewillen andeutete. Zwar zitterte die schöne Kampfeserregung noch krachend in mir nach, aber meine Bärenehre sagte mir, schone den Bruder.

Er, der Unterlegene, ging mir dann ein Weilchen aus dem Weg. In der Nacht lagen wir jedoch wieder bei der Frau, er in der Nähe des Kopfes, ich in der Kniekehle. Weil es von draußen so mild und freundlich roch, standen wir später einträchtig wieder auf, gingen in das luftige Zimmer – dabei müssen wir immer über das braune Nicht-Tier springen, das in der Tür steht und glotzt und seine dummen Ohren in die Welt hält – und schauten vom Rand aus, traulich nebeneinandersitzend, ins Wasser und den sogenannten Anten beim Schlafen zu.

In der Hohen Welt I

Auf einmal war die Beschaulichkeit vorbei. Von der Frau ging eine immer stärker werdende und zunächst unerklärliche Unruhe aus. Gleichzeitig erschienen an verschiedenen Orten in der Wohnung Haufen von Sachen, die vorher nicht da gewesen waren, darunter Bücher und Teile, die sich die Großen anziehen.

Sie haben es ja nicht so praktisch und schön wie wir mit unserem ganz genau uns an- und zugemessenen Fellkleid, das wir immer tragen können und auf das ich so stolz bin. Das hat sich jemand sehr einfühlsam so ausgedacht, vielleicht unsere schwarze Mutter. Ich pflege und putze mein Fell regelmäßig, und der Bruder tut es auch, oft zur selben Zeit wie ich. Hin und wieder putzen wir uns auch gegenseitig, was die Großen immer »rührend« finden. Rührend? Eher: nützlich. Darüber hinaus bürstet uns die Frau auch mit einer besonderen Bürste, leider viel zu selten. Sie wissen ja, dauernd müssen sie, Frau und Mann, irgend etwas anderes tun. Wenn es ihr schließlich einfällt und sie sich endlich uns widmen will, lockt sie uns mit dem spetziellen Ruf: »Bürschteln, bürschteln!« (Sie kann nicht bürsteln sagen, sie sagt bürschteln. Mir ist es gleich, ich weiß ja, was sie meint.)

Ah, wie gut das dann tut! Aaaah, wie ich dann schnurre! Gleichzeitig muß ich aufpassen, daß sich nicht jener Verwandte dazwischendrängt, denn er will ja auch gebürstet werden. Ich strecke mich ganz lang aus und bin dann wohl von den Vorderpfoten bis zu meiner einzigartigen Schwanzspitze so groß wie die Frau. Sie streicht von meinem Kopf aus mit einem Zug den Rücken entlang bis zu jener Spitze und drückt leicht oder fest auf, ganz wie es ihr paßt. Mir ist alles recht. Aaaah! Ein andermal bürstet sie mit kürzeren Strichen von den Seiten zur Rückenmitte hinauf und dann erst wieder den Rücken entlang. Auch das ist gut und schön, aber nie ist es genug, und immer hört es zu früh auf!

Der Bruder, wenn er denn einmal dran ist, schnurrt wie ein Wahnsinniger, schrecklich laut. Es klingt wie »rahrohrahroh«, und das ist doch typisch. Fast peinlich ist es, wie er sich in seinem Genuß vollkommen gehen läßt.

Als jedoch die vielen Sachen unordentlich und an den unpassendsten Stellen in der Wohnung erschienen, war ans Bürschteln nicht mehr zu denken. Es tauchte auch eine schwarze Tasche auf, die ich noch nie gesehen hatte, und zum Schluß kamen noch Schuhe dazu – aber was für welche. Ein einziger war bald so hoch und so breit wie R.

Was das alles zu bedeuten hatte, ahnte ich gleich. Ich lauerte nur noch und wartete auf ein bestimmtes Signal, während ich aufmerksam durch die Wohnung schritt. Schon war es da! Unser nicht gar zu sehr geliebter Reisekorb stand plötzlich im Flur und hatte sein angestammtes Versteck hinter der immer offenstehenden Wohnzimmertür verlassen. Jetzt wurde es ernst: eine Reise stand bevor. Nur wann?

Bisher hatte der Korb seinen neuen Platz nur eingenommen, wenn es draußen noch hell war. Jetzt war es aber bereits dunkel, und zwar schon lange. Zu unserer Verblüffung bekamen wir auch noch sofort eine Mahlzeit aus den bekannten Dosen (wir aßen alles, ohne zu würgen), ganz außerhalb unserer gewohnten Tagesordnung. Das verhieß Seltsames. Kaum hatten wir die Teller leer gemacht – gingen die Großen schlafen! Anstatt aufzubrechen, gingen sie ins Bett! Das ist doch schon sehr ärgerlich. Sie sind wirklich ungeeignet, uns zu führen und zu betreuen. Wie soll man sich da auskennen? Was sollten wir jedoch anderes machen, als es ihnen nachzutun und ebenfalls zu schlafen?

Und am nächsten Morgen? Ha! Da bekamen wir gar nichts!!! Und das gute Wasser, das so seidig-glatt ist und mich immer so schön von innen befeuchtet, das war auch nicht mehr da. Mein Bruder stupste mich, damit ich noch schnell auf die Steinchenkiste ging und noch ein kleines Geschäft erledigte, und tat es mir gleich. Dann begann ich mit der Umstellung in meinem Bauch, damit mir auf der Reise nicht etwas eventuell Unerfreuliches passierte. Auf Reisen, müssen Sie wissen, gibt es nämlich keine Toilettenkisten.

Jetzt geschah alles sehr rasch und gegen unseren Willen. Im Nu waren wir im Korb, der Mann ergriff ihn. Die schwarze Tasche, die dick gefüllt war, hatte er schon. Die Frau nahm eine kleinere Tasche auf den Rücken, und es ging dahin, zur Eisenbahn.

Im Freien war es erstaunlich kalt. Daher wohl hatte die Frau noch ein zusätzliches warmes Tuch, das sehr anheimelnd nach ihr roch, in den Korb gegeben. Als sich dann in der Bahn drin alles beruhigt hatte, wurde ich durch den Geruch so vergnügt und zuversichtlich, daß ich anfing, auf dem Tuch herumzutreten. R. machte es mir nach. So gestärkt durch unsere eigene Zuversicht, hielten wir gut durch, obwohl wir merkten, daß diese Fahrt schon viel länger dauerte als jemals eine Fahrt zur Treppenwohnung. Dorthin ging es sowieso nicht, das spürte ich sofort, als die Bahn anfing, sich zu bewegen. Das ging diesmal ganz woanders hin.

Es waren wohl auch unterschiedliche Eisenbahnen, denn wir wurden mehrfach nach draußen getragen, wenn die Bahn nicht fuhr, und wieder in eine andere Bahn hineingebracht. Der Korb schützte uns vor dem Ärgsten, hinderte aber bestimmte Wesen, die auch alle besonders gekleidet waren und meist noch etwas auf dem Kopf trugen, nicht daran, immer wieder an unsere Großen und an uns heranzutreten und irgend etwas zu verlangen. Da hätten Sie uns fauchen hören sollen! Einer von diesen Zudringlingen sagte zwar: »Da bekomme ich richtig Angst«, als er uns hörte, und ging wieder, aber zwei andere forderten etwas, das sie »Pässe« nannten.

Ich merkte, wie die Frau wieder unruhig wurde und nervös in unseren Korb hineingriff und in die Tasche, bis sie endlich diese sogenannten Pässe fand. Wir hatten also Pässe. Das heißt, so ein kleines Heft, für jeden eines, in dem steht wohl unser Name und alles über gewisse »Impfungen« (weiß nicht, was das ist). Dann schauten die Zudringlinge in den Korb und einer sagte: »Die sind aber schön!« Da verzieh ich ihnen einiges.

Wir stiegen dann noch einmal um, ein letztes Mal, wie ich von den folgenden zwei oder noch viel mehr Reisen an denselben Ort jetzt weiß. Aber diese neue Eisenbahn fuhr nicht gleichmäßig glatt dahin, sondern sie stieg immerzu an, legte sich auf die eine Seite, dann auf die andere und sang dabei und zudem noch so ein ziehendes, fast jaulendes Lied. Da reichte es uns aber, und wir fielen ärgerlich miauend mit ein. Durst und Hunger hatte ich schon länger, und das Toilettenkistchen brauchte ich auch recht dringend. Ob es am Ziel überhaupt eins gab?

Was ein Elend und was für Umstände! Ach weh und Wehgeschrei! Zu Hause wäre es so schön gewesen! O wie haßte ich die beiden Großen und wie schrie ich erst recht weiter, als wir später in ein Auto hineingetan wurden! Schließlich erreichten wir ein riesiges Haus und fuhren (!) drin noch höher, bis endlich der gefürchtete und auch ersehnte Anblick einer Wohnungstür das Ende der Reise kundtat. Ich gebe zu, daß ich nicht wenig zitterte. Die Unsicherheit darüber, wer eigentlich die Bewohner dieses Hauses oder Heims waren und ob sie auch die Annehmlichkeiten bereitstellen würden, die wir als hochempfindsame Bären so sehr brauchen, machte mich fast krank.

Endlich ging die Tür auf, der Korb wurde abgestellt und geöffnet. Die Angst packte mich noch einmal heftig und schüttelte und beutelte mich, weil es so undeutbar roch.

Aber ich kann Ihnen heute sagen: Es war alles in Ordnung. Es war sogar bestens und 1 a. Je länger wir blieben, desto besser wurde es. Was alles in diesem erlesen hohen und vornehmen Heim passierte, will ich Ihnen jetzt gerne erzählen.

Also: Schon am ersten Tag – aber halt, entschuldigen Sie, höre ich recht? Die Frau ruft. »Bärchen«, ruft sie, »bürschteln, bürschteln!« Da muß ich –

– natürlich habe ich mich wieder durchgesetzt gegen ihn, jenen R. Die Frau strich wunderbar sanft über mein Fell, und weil ich es dem R. zeigen wollte und es ihm hinreiben, wie sie mich verwöhnt und vorzieht, rollte ich mich auf den Rücken, knickte die Vorderpfoten ein und ließ mir auch noch den Bauch bürsten. Aaaah, achachach, tat das gut. Leider wieder zu kurz. R. schaute erst zu, dann schlich er sich fort. Soll sie ihn doch nie drannehmen oder wenn, dann viel später. Er verdient es doch nicht anders.

Um fortzufahren: Wir waren nach der langen Fahrt im Dunklen angekommen, und in der Empörung über die Reisenot hatte lediglich meine Nase gemerkt, was hier anders war: es war die Luft. Sie war kalt und trocken und fuhr recht scharf in mich hinein. (Man gewöhnt sich schnell daran.)

Am nächsten Morgen aber, als das Zimmer immer heller wurde und die Großen noch schliefen, sahen wir durch eine durchsichtige Tür (Schon wieder eine! Jetzt waren es zwei insgesamt: eine zu Hause, eine in der Treppenwohnung und nun die hier), sahen wir also erst mal auf einen – Balkon. Ja, das ist endlich das richtige Wort. Hinter dem Balkon dehnte sich eine Weite, die war ganz und gar weiß, stechend weiß mit dunklen grünen oder braunen Flecken, die, je weiter wir nach oben blickten (Wir saßen auf zwei praktischen Stühlen vor der geschlossenen Tür), immer mehr verschwanden, bis das Weiße in einem langen und gezackten Rand einfach aufhörte und ein noch nie gesehener blauer Himmel anfing. Ich sage hier »blau«, wie schon auch beim Himmel daheim, aber bei den Farben bin ich mir etwas unsicher, es könnte auch »rot« richtig sein. Sie werden sich das schon vorstellen können.

Der Anblick beeindruckte uns wohl, aber nur kurz, denn es tat sich draußen nichts, gar nichts. Vergleichen Sie das mal mit unserer Heimat, da bewegen sich die Verrückten und die Anten vor dem Balkon, und große Wesen ziehen vorüber und lärmen auch noch oft dazu, was zwar nicht schön ist, doch immerhin geht irgend etwas vorwärts, so mein Eindruck, und das Wasser pritschelt und plappert. Von den bösen Kleinwesen, die so sirren und ärgern, will ich fast schweigen. Und in der Treppenwohnung erscheinen flattrige Wesen am Balkon und reizen uns. Aber hier? Nichts. So der erste Eindruck. Der allerdings täuschte, das werden Sie noch hören.

So wandten wir uns zur Tür, hinter der die Großen noch schliefen, und kratzten ein wenig daran und sangen, brummten und schrien ein bißchen herum. Zwar war das Nachtessen reichlich gewesen und sehr gut, nämlich

Körnchen und Weiches und Wasser, aber morgens muß es auch etwas geben. Nur so sind wir in Bestform, nur so ist es uns gemäß und wie wir es brauchen. Die Tür zum Schlafzimmer ging auf, und wir schossen fort und dahin, wo unsere Teller standen, und schauten uns auffordernd um. Es war der Mann. Wir rannten nun noch mehrmals um ihn herum und stellten uns ihm in den Weg, bis er es verstand und unser Essen herausgab. Das ist ja eigentlich gar nicht schwer, aber warum tut er es nicht gleich?

Danach lauerten wir ein wenig, ob wohl die Balkontür noch aufging – sie tat es nicht. Dann hieß es schauen, ob vom Frühstück der Großen – die Frau war nun auch aufgestanden – nicht noch das eine oder andere Bröckchen für uns abfallen würde. Zur Beobachtung des Eßtisches bot sich hier ein einzigartiger Platz an. Hinter der einen Sitzbank befindet sich nämlich ein kleiner Schrank, der den Großen bis an die Haare reicht, wenn sie davor stehen, und den ich – warten Sie – Turm nennen will, ja Turm. Ein zweiter Turm steht übrigens neben dem großen Fenster und erlaubt von dort aus doch recht interessante Beobachtungen. Beide Türme bieten sich als ausgezeichnete Rückzugsmöglichkeiten an für den Fall, daß mal irgendwas ist.

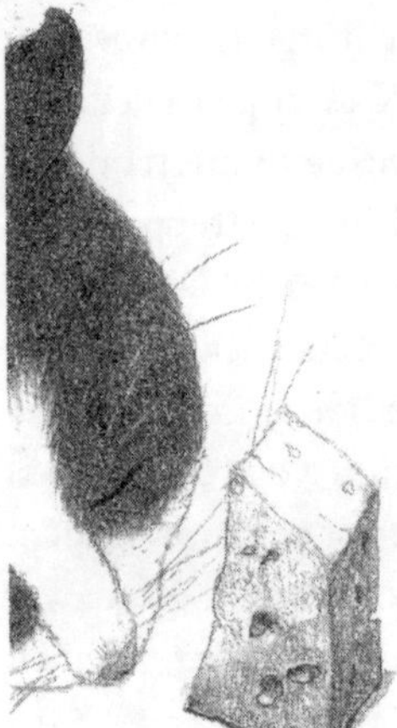

An diesem ersten Tag sprangen wir beide auf den Tischturm – von der Bank über den Tisch geht das ganz leicht – und beäugten über den Kopf des davorsitzenden Mannes hinweg, was sich auf den Tellern tat. Gut roch es zu uns herauf, ja sehrsehr gut. Den Ramirez hielt es nicht länger, er sprang hinunter, mit allen Pfoten direkt neben den Teller der gegenübersitzenden Frau. Sehr geschickt gemacht, dachte ich; guter Anflug, wollte ich schon loben. Aber die Frau hatte sich erschrocken, packte R. und schloß ihn fast voll Zorn ins Schlafzimmer ein.

Ich überrasche Sie vermutlich nicht, wenn ich Ihnen mitteile, daß über ein kurzes auch ich mich dort einfinden mußte. Aber das war ja gar nicht schlimm! Überhaupt nicht! Satt war ich sowieso, und Ruhe ist etwas Herrliches. Und auf diesen Betten! Was dieses Heim nämlich auszeichnet, sind die ganz dicken pludrigen Bettzudecken. Ich springe immer auf die dickste Stelle, weil ich dann so schön einsinke und mich die weich aufgepustete Decke ringsherum geschlossen umgibt und mich beschützt. Das Bett roch schon ein wenig vertraut. Von R. kamen bereits die langen tiefen Schlafschnaufer. Durchs Fenster zog die kalte helle Luft, aber ich rollte mich ein und legte versiert (!) die Pfote über meine Augen.

Später, viel später würde ich genauer untersuchen, was es in dieser Wohnung sonst noch alles gab.

Es gab hier, das wurde schnell klar, vor allem Musik für die Großen und somit auch für uns. Mehr denn je dröhnte und strömte sie aus einem schwarzen Kasten oder floß ganz mild und zart heraus. Oder sie kam aus dem großen bunten Kasten, auf dem sich dauernd was bewegt. Der Mann setzte sich dann meist davor, die Frau nicht immer, aber wenn, dann wußte ich, es würde länger dauern und sprang auf sie drauf, denn jetzt konnte ich sicher sein, von ihr gestreichelt oder auch gebürstelt zu werden. Ramirez, nicht so begünstigt wie ich, durfte doch auf einem Stuhl neben der Frau mittun. Ihre Hand sah ich denn auch öfter bei ihm, als mir lieb war. Also wich ich zum Mann aus, der, durch die Musik sehr freundlich gestimmt oder bloß abgelenkt, mich fast gar nicht kniff.

Als wieder einmal eine gemeinschaftliche Sitzung sich vorbereitete und die Lampen im Zimmer ausgemacht wurden, fiel mir auf, daß sie, Mann und Frau, dauernd von Putschini (Putschi?) sprachen – das Wort kannte ich doch, wenn auch nicht den Sinn. Auch der Fantschulla – Sie entsinnen sich? – tauchte wieder auf. Mitten in der Musik sagte die Frau dann etwas sehr Rätselhaftes: »Schau mal, Miez, da bist du«, und zeigte auf den bunten Kasten, »wie schön du singen kannst!« Später sah ich, wie der Mann noch mal auf das Buntbewegte deutete und sprach: »Der Ramirez da macht seine Sache auch nicht schlecht«, und beide lachten. So ein Unsinn! Wir sangen doch gar nicht, jedenfalls in dem Augenblick nicht und schon gar nicht im Kasten drin. Es war wieder so ein Gerede von den Großen, auf das man besser gar nichts gibt.

Sie, die Unseren, blieben nicht immer in der Wohnung, sondern verschwanden oft nach dem Frühstück, an dem wir leider nur noch selten teilnehmen durften. Dazu zogen sie sich extra und eigentümlich an. Es hörte einfach nicht auf, das Anziehen. Mehr und mehr Teile legten sie sich an und um und machten sie zu. Wie lästig muß das für sie sein. Dagegen wir: immer fertig gekleidet! Schließlich wurden auch noch die riesigen Schuhe, die ich mir schon daheim nicht erklären konnte, an die Füße gesteckt und festgemacht. Wie sie damit herumstampften! Schrecklich! Ich erkannte sie kaum in dem ganzen angelegten Zeugs, das obendrein auch noch so unnatürlich roch.

So gingen sie fort, und wir bekamen bei den ersten Malen große Angst, ob sie denn wohl wiederkommen würden. Wir schauten ihnen vom Schlafzimmerfenster kleinlaut nach, riefen sie fiepend, stellten uns auf dem Brett davor auf die Hinterbeine und kratzten am Fenster, aber vergeblich. Ich glaube, sie machen immer nur, was sie wollen. Nicht was wir.

Ein Elend ist das. Wir zogen uns dann enttäuscht auf den Turm am anderen Fenster zurück. Ein kräftiger Schwung von einem Tischlein hinauf genügt. Der Anblick des Balkons und des Weißen und Blauen (Roten?) war beruhigend, um nicht zu sagen einschläfernd, und wir nickten ein. Oben neben uns war noch ein Fast-Tier aufhältig, ein weiches, mehr gelbes, das bot uns gute Anlehnung. Es konnte sich nicht bewegen, saß aber an einem schönen Platz. Im Nu, schien mir jedoch, kamen die Großen wieder und weckten uns mit ihrem Stapfen vor der Tür. Freudig sprangen wir ihnen entgegen.

An den großen Schuhen hatten die beiden aber weiße Batzen, die zuerst in unsere Nasen bissen, dann aber zu Wasser wurden und in den Fußboden hineinliefen. Wie mochte es dort aussehen, wo sie herkamen?

Gleich am ersten Tag oder am zweiten wurde die Balkontür geöffnet, uns aber zuerst der Ausgang verwehrt. Die Frau hängte vor den ganzen Ausblick ein hohes und breites Netz, das bis nach unten reichte. Sie stellte auch den Reisekorb hinaus. (Was bedeutete das nun schon wieder? Reisen bestimmt nicht.) Wie auch immer, sie ließ uns dann doch noch hinaus. Unser Schnuppern und Schnuffeln dauerte etwas länger, denn unter die langweiligen Gerüche und die bekannten (vom Reisekorb) und in die trockene frische Luft mischte sich etwas Fremdes, Aufreizendes, das aber gar nicht zu sehen war. Es zog stichelnd direkt in meinen Kopf und regte mich dort auf. Maus? Die Krallen meiner rechten Pfote fingen an zu zucken. R. ging es wohl ähnlich, denn er roch die ganze untere Vorderwand des Balkons ab und nahm sich dann noch die hellen rauhen Seitenwände zur Überprüfung vor. Mausmaus? Hier vielleicht? Oder sollte ich denn nie wissen, was das ist?

Was wir noch feststellten, war die große, die unfaßbare und unverständliche Höhe unserer Lage. Wir waren sicher zweimal so hoch wie zu Hause. Oder – tausendmal? Tausend! Was sagt das schon. Kaum grauste uns ein wenig.

Nun, die Frau lockte uns wieder ins Zimmer. Ungern folgte ich. Es war drinnen allerdings gemütlicher und roch schon viel deutlicher nach uns und den Unseren als am Anfang. Vermutlich würde sich bald wieder etwas Eßbares finden. Ich legte mich auf die eine Liege – ein treffender Name – und wartete ab. Mann und Frau besprachen sich gerade. Die Frau sagte: »Nein, das ist zu hoch.

Das schaffen sie nicht, und außerdem kriegen sie ja gleich wieder was.« Unklare Worte. Der Mann ging an den weißen Schrank, in dem immer das Essen gehalten wird (auch hier gibt es einen, es gab überhaupt alles, was wir brauchten). Ich spitzte die Ohren. Er nahm etwas heraus, ich konnte nicht sehen, was, und verschwand aus meinen Augen. Schon rief er aus dem Badezimmer heraus. Es hörte sich an wie: »Mizzis, Ischlingen!« oder deutlicher: »Mizzis, ko-ommt, Wirschelspringen!« Das klang seltsam verlockend. Ich rannte hin. R. kam vom Fensterturm eilig herunter. Was war?

Der Mann stand im Badezimmer und guckte nach oben. Oben, auf einer breiten, fest wirkenden Stange lag etwas, das auch ein wenig überstand oder überhing. Es war das Eßbare, das der Mann wohl mit seinem »Wirschel« oder »Wirschtel« oder »Würschtel« meinte, und das Eßbare war für mich.

Wie passend! Ich hatte gerade Hunger! Jedoch: Wie kam ich dahin? Wie bloß? Und: Wie soll ich Ihnen das beschreiben? Wo ich doch die Wörter für dieses neue Zeugs nicht alle weiß. Vielleicht geht es so:

Da war eine große weiße Wanne, und auf der Wanne, am Rand, konnten fast durchsichtige Wände hin- und hergeschoben werden und so die Wanne wie ein kleines Zimmer abschließen. Ich wußte das, weil ich nämlich schon einmal auf der Steinchenkiste gewesen war, als die Wände zu waren und die Frau dahinter im Wasser plätscherte. Sicher dachte sie sich irgendwas dabei. Jetzt allerdings waren die Wände beiseite gerückt, und Wasser gab es auch nicht. Die Stange oben hielt nur die Schiebewände fest, das war wohl ihre Aufgabe. Ja, so könnte man sagen. Am schmalen Ende der Wanne war eine feste Wand, die war immer da. Und davor wiederum stand ein Stuhl, auf dem manchmal die Anziehsachen der Großen lagen.

Mir war blitzschnell klar, als ich die Lage überblickte und die kleine Eßsache sah oder das Würschtel, daß ich R. zuvorkommen mußte. Unbedingt. Er schaute auch schon gierig hinauf. Ich sprang auf den Stuhl. Wer folgte? Er. War das noch weit entfernt, das Würschtel, das ich doch so dringend brauchte! Ich streckte mich schnell und nahm mit den Vorderpfoten Maß und drückte gegen jenen Verwandten, der das gleiche tat und dabei mich ebenfalls wegdrücken wollte. Ich wurde schon ganz wütend – er würde es noch schaffen! Und das würde ich mir niemals verzeihen! Also schaute ich ganz fest und immer fester auf das Würschtel, jenes wahrlich wunderbare Würschtel, duckte mich zum Sprung, gab wieder auf, duckte mich erneut, hieb dem R. eine, haute ihn mit meinem Hinterteil vom Stuhl – und sprang! Meine Vorderpfoten krallten sich auf der Stange fest, mit den Hinterbeinen schob ich wie rasend an die Wand tretend nach und, ein Ruck, ich war oben! Triumph, miau und hurra! Glück, Glanz und Ruhm (für mich)! Ich hatte es geschafft. Die Großen waren gleichfalls begeistert und schrien ganz laut auf und lobten und priesen mich. Was für eine Leistung! Wie stark war ich und mutig! Wie edel im Kampf! (Ein Edler von Bär eben.)

Das Würschtel schmeckte im übrigen sehr gut und war der Mühe, jeder Mühe, fast wert gewesen. Ich balancierte selbstzufrieden oben auf der Stange herum und guckte dann auch mal hinunter. Doch was mußte ich sehen? R., jener vermaledeite Bruder und Gesell, saß in der Wanne und kaute an einem anderen Würschtel, das der Mann ihm gerade gegeben hatte. »Damit er nicht enttäuscht ist«, erklärte er der Frau, die zustimmend nickte. Meine Sinne schienen zu schwinden. Mir wurde schwarz vor Augen, ich schwankte. War dies einer, ja, der Tiefpunkt meines Lebens? R. bekam alles so, ohne jede Anstrengung! Dieser dicke, faule und sehr häßlich dürre eklige Kerl! Dieser niederträchtig dummschmutzige fette Mops (?)!

Ich hatte mich jedoch gleich wieder fest im Griff, schaute rasch weg und blieb noch lange gelassen, ja fast wie gelangweilt auf der Stange sitzen. R. schlich sich dann bald fort, und ich genoß eben doch meinen Sieg.

Hinunter, wie Sie sich denken können, hinunter ging es dann ganz leicht.

Nach dieser glänzenden Leistung, die ich noch Wochen und Sekunden an mir selbst bestaunte, verlief der restliche Tag ohne Aufregung. Das Nachtessen kam, Körnchen diesmal, dann das Dösen auf dem Fensterturm beim gelben Fast-Tier (da oben ist es auch schön warm) und das Belauern der großen Wesen, die allerlei Unsinn trieben. Die Frau machte zum Beispiel etwas, das sie Turnübungen nannte, und hatte plötzlich die ausgestreckten Beine ganz oben, wo sonst der Kopf ist und den Kopf am Fußboden. Das war recht verstörend, aber sie kam bald wieder zu sich und stand auf den Füßen. Endlich konnten wir ihr ins Schlafzimmer folgen, wo sie noch eins dieser Bücher nahm. Das war nun des Ramirez' Chance, und er nutzte sie und legte sich zügig auf sie drauf, mit den vorderen Pfoten das Buch berührend. Ich schlief dann bei ihren Füßen zufrieden ein.

Am nächsten Morgen erzählte der Mann der Frau, was er in der Nacht beobachtet hatte. Als er spät ins Schlafzimmer gekommen war (ich verstand ihn genau), hätten wir beide, also ich und der R., ganz dicht beieinander am Fußende ihres Bettes gelegen, beide so schön eingerollt und einander zugewandt (kann ich mir zwar nicht vorstellen, aber nun gut), daß er vermutet hatte, wir hätten diese Lage aus »ästettischen Gründen« (?) gewählt und unter »malerischen Gesichtspunkten« (wieder: ?). Unser schwarzweiß glänzendes (meins! Anmerkung M., E.v.B.) und grau-weißes Fell hätte so gut zum zart blauweißen Rankenmuster auf der Zudecke gepaßt, daß er ganz andächtig versunken davor stehengeblieben wäre (oder: sei?) und noch viel später schlafen gegangen.

Solche Wirkung, das geben Sie doch sicher gerne zu, hat nicht ein jedes.

In der Hohen Welt II

Wie sich herausstellte, gab es noch zweimal das Würschtelspringen am Abend. Jedes Mal war der Verlauf der gleiche: weißer Schrank – Ruf: »Würschtelspringen!« – Badezimmer. R. nahm, von meiner Sprungkraft beim ersten Mal vollkommen bezwungen, ja fertiggemacht, sofort den Platz in der Badewanne ein, ich den auf dem Stuhl, ein kurzes wohlüberlegtes Maßnehmen – schon war ich oben! Ich hatte zuerst nur Verachtung für den Feigen (=Bruder) übrig, der das Springen noch nicht einmal mehr probiert hatte. Bald aber gefiel mir diese Ordnung, und ich bewunderte sogar ein bißchen jenes Bruders Selbsterkenntnis (er war ja auch ein Edler von Bär). Er mußte sich sagen, das kann ich nicht, also trete ich bescheiden beiseite, oder eben in die Wanne.

Dieses Sich-Bescheiden war es wohl auch, das der Gerechtigkeitssinn des Mannes, wiewohl grundsätzlich fehlgeleitet, durch die unverdiente Gabe des Würschtels ehren wollte.

Der insgesamt aufregende und von mir höchste Konzentration fordernde Vorgang des Würschtelsprunges wurde jedoch bald darauf durch etwas ganz anderes demontiert oder vielmehr genauer: deklassiert, jawohl, doch, deklassiert.

Ich weiß nicht, ob Sie ermessen können, wie sehr mich

manches Mal der Gedanke an Maus oder Mäuse plagte und umtrieb. Es mußte sie geben, es konnte das Wort doch nicht einfach nichts bezeichnen oder etwas, das es nicht gab. Und dieser gewaltige Zorn, den das Wort in mir oft auslöste, und das Zucken in den Krallen – das konnte doch nicht von nichts kommen. Häufig beobachte ich ja den Bruder beim Schlafen. Da zuckt er regelmäßig so mit den Ohren und den Gliedmaßen, ist aber nicht krank. Ich glaube, dann denkt es auch in ihm »Maus« oder sogar »Mäuse«. Manchmal war ich ganz mutlos, weil es bei den Unseren einfach keine gab. Oder, so fragte ich mich, hielten sie den oder die Maus nur absichtlich von uns fern? Nur: warum sollten sie? Wollten sie uns schützen oder den oder das Maus – oder etwa sich selbst? (Es heißt die Maus, das weiß ich jetzt.)

So kam ich nicht weiter.

Wieder einmal zogen die Großen sich morgens dick an, stiegen in die riesigen Schuhe, verabschiedeten sich von uns und verschwanden aus der Wohnung. Vorher hatte uns ein kurzer Aufenthalt auf dem Balkon merken lassen, daß es außerhalb der Wohnung noch kälter geworden war und weiße Flocken von oben geräuschlos und harmlos herunterfielen, und überhaupt jetzt alles weiß war und nichts mehr blau (oder eben rot), oder grünbraun oder was. Wir verpaßten also nichts, setzten uns nach dem Fortgang der Unseren drinnen einträchtig auf die Stühle vor der Balkontür und vergaßen die Welt. Ich weiß nicht, wie lange ich schlief.

Ein Geräusch ließ mich aufschrecken. Draußen war es wieder stechend und flimmernd weiß und blau; es fiel nichts mehr vom Himmel. Wovon aber war ich aufgewacht? Auch R. spitzte die Ohren.

Da war es wieder, das winzige Geräusch, von der Tür noch dazu gedämpft. Wir standen auf. R.s Schwanz fing an, hin und her zu pendeln. Da! An der seitlichen Balkonwand, die so rauh war und die R. gleich am Anfang beschnuppert hatte, war – eine Maus erschienen. Eine Maus, eine Maus! O Glück und Schreck! Bei allen Körnchen und Würschteln, bei Mann und Frau! Eine Maus!! Ich sprang erregt gegen die Tür, R. ebenso. Mein Schwanz schlug nur so aus, ja er peitschte geradezu aus. Die Maus hatte zwei gräßliche Vorderpfoten und zwei abscheuliche Hinterpfoten, die sie abspreizte und mit denen sie sich kopfunter an der Wand festhielt. Obendrein besaß sie einen dick aufgeplusterten gänzlich und vollkommen hassenswerten Schwanz und war ganz braun bepelzt. Ich schäumte und tobte innerlich und fing wie rasend an zu schnattern und zu schnappen. Mein Herz donnerte und blitzte zum Zerplatzen. Niedermachen, schrie es in mir, kleinbeißen, fressfressen. Aber es ging ja nicht! Die Tür!

Die Maus bewegte sich inzwischen gemächlich voran, betrat – stellen Sie sich das nur vor! – in ihrer ganzen Abgefeimtheit unseren Balkonrand und lief, von uns aus gesehen hinter dem Netz, frech und provozzierend wie nur noch das kleine böse sirrende Tier am Balkon in unserer Heimat von der einen Seite zur anderen. Das Netz hinderte sie wohl, was der Gipfel der Niedertracht gewesen wäre, den Balkon auch noch zu betreten. Wir mußten hilflos mitansehen, wie sie dann an der anderen Wand wieder hochrannte und verschwand.

Auf dem Balkonrand hatte sie es sich noch kurz einfallen lassen, stehenzubleiben und sich, ja wie soll ich sagen, auf ihre Hinterbeine aufrecht hinzusetzen, die kleinen widerwärtigen Vorderbeine hochzunehmen und den Schwanz ganz unverfroren an ihrem Rücken hochzuschlagen, so daß es aussah, als beschütze er sie auch noch.

Ich war außer mir. Das durfte doch nicht wahr sein! Das sollte ich nicht haben können und zerkleinern und zernagen dürfen! Aber – ich hatte sie gesehen. Es gab sie, die Maus. Sie würde wiederkommen. Mit diesem Gedanken beruhigte ich mich allmählich, und auch R., mein Bruder im Abenteuer, faßte sich und hörte auf zu schnattern und zu keuchen. Fortan spähten wir nur noch, mal von den Stühlen, mal vom Fensterturm. Die Maus jedoch, sie kam nicht mehr.

Ich verschaffte mir ein wenig Erleichterung, indem ich an allen Möbeln kratzte, die nur irgendwie dazu geeignet waren, auf den Armlehnen des großen Sessels, die wir sowieso schon recht gut markiert hatten, an jeder der erreichbaren Ecken der Liegen oder Sofas, die aber ziemlich zäh waren, und im Schlafzimmer an so einer Art Wandverkleidung aus rauhem Stoff oder Pelz oder Fell, ist ja ganz egal. Schnell drehte ich mich um, als ich R. dicht hinter mir witterte, und er haute mir eine rein.

Auf einmal waren wir mitten im heftigsten Kampf, jagten uns kreuz und quer durch die Wohnung, schrien und kreischten, daß es eine Art hatte und sprangen und hetzten uns über und unter Tisch, Stuhl und Bett, ganz wie es uns aufgegeben war. Ich riß dem Feind die Haare heraus, besonders die hellen, die ich als Tropfäen gerne überall liegen sah, er riß mir welche raus, immer toller wurde unser Treiben, bis ich plötzlich genug hatte. Ich signalisierte dem Bruder »Aufgabe«, und er ging huldvoll darauf ein. Wir zogen uns sofort zurück, er auf den Fensterturm, ich auf den Tischturm. Ich putzte und leckte die eine oder andere wehe Stelle, bevor ich mich aufschnaufend sodann erneut zur Ruhe legte.

Die Großen, über die vielen Haarbüschel erstaunt oder erschrocken, beäugten uns besorgt, während die kleinen weißen Batzen auf ihren Schuhen wieder wegliefen, aber natürlich konnten sie sich den Zusammenhang mit der Maus nicht erklären. Der Mann griff sich später nur dieses aufdringliche Ding oder Trumm, das einbeinig auf einem breiten Fuß steht, und zog das schwer brummende und schnarrende Gerät oder wie es heißt über die Haarbüschel. Es saugte sie ein und fraß sie ganz. Als nichts mehr von unserem Kampf zu sehen war, wurde es plötzlich wieder stumm. Der Mann stellte es dann wie achtlos fort.

Es trat wieder Stille ein. Beide Großen hatten jetzt ein Buch bei sich, der Mann nahm noch zusätzlich das Brett mit den Figuren, welches ähnlich jenem war, an dem sich R. so ausgezeichnet hatte. Nach kurzer Überlegung wählte ich die Frau, die sich auf der Liege eine schöne flauschige Decke übergelegt hatte, und rollte mich neben ihr ein. Später kam R. und drückte sich noch näher an sie heran.

So geruhsam und fast fidel ging es dann noch ziemlich lange weiter.

Beim Frühstück, ein andermal davor oder danach, weiß nicht mehr, durften wir im Zimmer bleiben. Das Essen der Großen hatte mich wenig gereizt, und R. müßte ja, nimmt man seine Leibesfülle, eigentlich ohnehin immer satt sein. Er ist aber kräftig, das muß ich sagen, und als er einmal mit seiner ganzen Wucht vom einen Ende der Wohnung zum anderen schoß, und zwar ohne Grund, nannte ihn der Mann – ich verstand das Wort nicht, aber der Klang gefiel mir –, er nannte ihn: »Bomber«, ja. Kurzum, wir beide saßen nichtsahnend am Fenster auf den Stühlen – da war sie wieder! Die Maus! Sie lief ohne Zögern von oben auf den Balkonrand zu. Wütend sprangen wir an das Durchsichtige der Tür, da kamen auch die Großen. Sie merkten zwar, daß wir hinausdrängten, öffneten uns die Tür aber extra nicht. Ihnen schien der Anblick der Maus sogar zu gefallen, während wir nur so geiferten (kann man, glaub ich, sagen). Die Frau holte doch tatsächlich eine Art von Körnern, länglich braune oder helle und auch runde, aus denen wir uns nichts machen und die wir klaglos den Unseren zum Zerkauen überlassen, und warf sie, während der Mann ihr half und uns zurückhielt, schnell durch einen Spalt der Tür, die sie leider nur kurz aufgemacht hatten.

So. Was würde nun geschehen? Frau und Mann zogen sich etwas zurück, schauten aber weiter zu. Das Geräusch des Türaufmachens

hatte die schwarzbraune Maus verjagt, sie kam aber im Nu an der anderen Balkonwand wieder heruntergerannt und setzte sich auf den Rand. Dabei äugte sie durch das Netz auf die Körner am Boden, trippelte aufgeregt herum und suchte einen Durchschlupf. Tja, der war nicht leicht zu finden. Es gefiel mir, wie sie sich hier und dort mühte durchzukriechen. Wie schön sie verzweifelte! Wenn ich sie doch offensichtlich nicht zerbeißen durfte, dann gefiel mir wenigstens dies.

Sie war aber doch schlauer und gieriger, als ich dachte, denn sie fand eine Lücke dort, wo das Netz an der Wand befestigt ist und sprang auf den Boden. Ohne uns zu sehen, griff sie sich – sie griff!, mit vielen kleinen Fingern, grauenvoll! – eine Körnchenkugel, sprang zurück durch die Lücke auf den Rand und fraß die Kugel, wobei sie sich wieder auf die Hinterbeine setzte und ihre Mahlzeit mit den Pfoten vor ihr abscheulich kleines scheußliches Maul hielt, den riesigen Schwanz wieder frech erhoben hinter sich am Rücken. Jetzt sah ich auch genauer, daß auf ihren Ohren oben kleine abstoßende Haarbüschel standen.

Das mußte doch bestraft werden! Ging aber nicht.

Inzwischen war die Maus beim zweiten Körnchen angelangt und näherte sich schon dem letzten, das ganz nah bei der Tür lag. Nichtsahnend nahm sie eins, blickte hoch – und sah uns, die gräßlichen Rächer und riesenhaften Bomber und Feinde einer jeden Maus. Sie erstarrte, ließ das Körnchen fallen und faßte sich mit der anderen Pfote, während sie jetzt nur noch auf den übrigen stand, weiß nicht wie vielen, ans Herz oder dahin, wo ich das bumpernde Ding bei ihr vermuten mußte. Ja, gell, da hast du einen Schreck gekriegt! Geschieht dir recht! (Eigentlich ja nicht; fressen geschähe ihr recht, fressen, fressen!)

Die dumme Frau hinter uns rief noch: »Schau, wie süß, es greift sich ans Herz.« Es? Sie! Ist zwar gleich, aber die Frau müßte es eigentlich wissen. Schließlich nahm sich die Maus doch das letzte Körnchen und verschwand. Kaum war sie fort, rannte ich zum Frühstückstisch und krallte mir, was ich kriegen konnte. Es war eine runde weiche dünne Scheibe. Damit raste ich, begleitet vom zornigen Geschrei der Großen, ins Schlafzimmer, unter die Betten, in die hinterste Ecke, die sie nie erreichen, und fraß alles in mich hinein. Es schmeckte gut und wie das Würschtel. R. saß knurrend hinter mir. Ich gab aber nichts heraus, und die Großen mußten dann auch wieder weichen.

Es folgten jetzt außerordentlich aufregende Tage oder Stunden, ja Jahre, denn nicht lange, und es kamen immer zwei dieser Mäuse und Widerlinge daher, rannten rauf und runter, verfolgten sich, scheuchten sich gegenseitig von den Körnern, die die Frau nur allzu beflissen immer wieder hinauswarf, und hatten keine Angst mehr.

Stellen Sie sich vor, entsetzen Sie sich mit mir, wenn ich Ihnen berichte, daß sie auch dazu übergingen, am Reisekorb, an unserem treuen, sicheren, wenn auch nicht übermäßig verehrten Reisekorb zu schnüffeln! Das Türchen stand auf, und die eine Maus hatte die Stirn, mit den zwei Vorderpfoten hineinzutappen. Angewidert wandte ich mich ab. Mir waren die Pfoten gebunden.

Und trotzdem: Sie waren unsere Bestimmung. Warum kamen wir nicht an sie heran? Ersatzweise weideten wir uns an ihren Schwierigkeiten. So, mit dem Kopf nach unten, so wollte ich nie zu meinen guten Körnchen und dem weichen Essen laufen müssen. Und können Sie sich den Ramirez vorstellen, wie er von mir herumgejagt wird, damit ich ans Essen komme, oder wie er, der dicke Bomber, die Wände hochwuchtet? Ich jedenfalls nicht. Und das so weit oben in der Kälte, wo der Wind pfeift, wie ich annehme. Das ist eines Bären, selbst eines Minderbären wie R., unwürdig.

Das ist doch nichts. Und dann das Zeug einfach hingeschmissen kriegen. Das wäre nichts für meinen Ordnungssinn. Wir bekommen unser Essen immer auf einen schönen Teller gelegt, jeder auf den seinen, und wenn meine Körnchen mal danebenfallen, dann ist es Absicht der Frau, die gemerkt hat, wie es mir gefällt, wenn sie herumrollen, bevor ich sie schnappen kann. Wasser steht auch immer daneben, ordentlich in einer oder zwei sauberen Schalen.

Neinnein, das hier war kein Leben, ein Mausleben war es eben nur. Und dann noch dieses Aussehen! Diese Ohrbüschel! Hören Sie mir doch auf!
Und dieser unmäßig aufgeplusterte
braune Mops(?)schwanz!

Dann kam der Tag, an dem wieder die schwarze Tasche erschien und etwas hineingefüllt wurde. Die Unruhe der Frau, das spürte ich, wuchs wieder. Sie räumte Sachen zusammen, legte Stapel an, ging auf den Balkon, um dort irgendwas zu holen und zu richten, und dann wieder allzu geschäftig ins Schlafzimmer, indes der Mann mit den Figuren beschäftigt war und sehr vertieft schien.

Nur wir merkten, wie sich eine einzelne Maus von oben näherte, durchs Netz schlüpfte und am Balkonboden widerwärtig umeinanderschnüffelte. Die Tür war aber von der Frau nicht richtig geschlossen worden und hatte sich leicht geöffnet. Ich schlich mich ganz still hindurch und drehte mich in die Mausrichtung. Sie sah mich, floh durch die Lücke auf den Rand, und ich, der große Miez, der Miez, Edler von Bär, der Bruder des starken Ramirez und der Begleiter des erhabenen Großen Paares, genannt Mann und Frau, ich haute die Maus mit einem einzigen grausamen Prankenhieb vom Balkon und machte ihr ein für allemal den Garaus.

»Nicht!« schrie es hinter mir, »nicht, Miez!« Es war der Mann, der angerannt gekommen war und fast gleichzeitig mit meinem Erledigungsschlag sich ins Netz lehnte, um über den Balkonrand nach unten zu schauen. Irgendwas ging hier schief. Bruder und Frau standen auf einmal auch da. »Es lebt, es lebt!« rief der Mann. »Da rennt es im Schnee!« Es, immer es. Ich verstand gar nichts. Frau und Mann schauten sich offenen Mundes an, als wäre etwas besonders Großartiges geschehen. »Neun Stockwerke!« sagte die Frau fast stammelnd. Sie konnten es schier nicht fassen und wiederholten dauernd, daß es leben täte, so ein ausgemachter Schwachsinn! Mich bewunderten sie überhaupt nicht.

Als sie vom begeisterten Faseln genug hatten, stritten sie sich auf einmal über die Frage, wer die Balkontür offengelassen hatte.

Ich wußte es ja, ging aber meiner Wege. Ich weiß ebenso, daß ich die Maus definitief erledigt habe, das muß einfach so sein. Sie erschien jedenfalls nicht mehr. Ich freute mich, weil es mir endlich doch gelungen war, Maus, ja Mäuse zu sehen, zu durchschauen und durchhauen, zu verachten und sie dann ins Nichts zu stoßen. Das sollte genügen, wenn es denn schon genügen mußte.

Als ich mir gleich darauf auf dem Fensterturm die rechte Pfote mit ihren unvergleichlich gewaltigen Krallen leckte und putzte, schmeckte sie ganz anders als sonst. Sie schmeckte nämlich, und das eindeutig, nach – Mausblut, nach purpurtief rot-grünem Mausblut.

In derselben Nacht erschien der Reisekorb wieder im Zimmer. Bei der Überprüfung stellte sich heraus, daß er nicht nach Maus roch und eben doch der unsere war. Es ging also fort. Schade. Aber wir würden zurückkommen, des war ich gewiß.

Viele Fragen und ein Abenteuer

Die Rückreise führte nicht in die Heimat, sondern in die Treppenwohnung. Fragen Sie nicht, warum. Es gibt Dinge, die müssen wir einfach hinnehmen. Ich spürte es deutlich, in unserem Reisekorb liegend, wie die Eisenbahn an einer bestimmten Stelle nicht in die schon einmal befahrene Strecke, nur eben rückwärts, einbog, vielmehr einfach geradeaus fuhr. Am plötzlich gespitzten Ohr von R. sah ich, daß es auch ihm nicht entgangen war.

Die erste Rückreisebahn war ununterbrochen nach unten gefahren, ihr Lied dabei genauso lästig und eintönig singend wie bei der Herfahrt. Jetzt ging es glatt dahin.

Ich will Sie nicht langweilen, aber bei dieser Fahrt zur Treppenwohnung wurden wir so häufig angesprochen wie noch nie. »Ach, die sind süß!« sagten fremde Wesen ganz ungebeten. »Sind das Geschwister?« fragten andere. »Mit meiner Katze könnte ich das nicht machen«, hörten wir ebenfalls. (Ja, warum sollten sie? Oder besser: warum auch? Katzen! Bären können es eben, das Herumfahren, Katzen nicht. Ganz einfach. Im übrigen, wie sahen diese Katzen überhaupt aus?) Ein Wesen sagte in einer mir kaum verständlichen Sprache: »Des san ja zwoa. Oana is ja so alloans.« Kleinere Wesen hockten sich, ohne unsere Einladung natürlich, vor den Korb und streckten ihre Hand zu uns aus. Beinahe hätte ich einem dieser Neugierigen draufgehauen, er zog die Finger aber im letzten Augenblick aus unserer Gittertür. Sonst hätte er wahrscheinlich den Mund aufgerissen wie jener fragwürdige Schreier in der Heimat.

Wir fuhren lieber auf dem Gepäckbrett, da konnten wir in aller Ruhe aus dem Korb herausschauen oder schlafen und wurden nicht dauernd belästigt. Wie Sie wissen, kommen dann auch noch die daher, die immer einen Zettel oder was von den Großen verlangen, oder unsere Pässe, und die reden oft auch noch auf uns ein und wollen was. Leider aber geht das mit dem Gepäckbrett nicht immer, weiß nicht warum.

Die Ankunft in der Treppenwohnung und alles damit Zusammenhängende war nicht schwierig und auch nicht beunruhigend, da alles so war wie schon einmal, oder vielleicht wie immer.

Jetzt war es auf dem Balkon – wie Sie sehen, kann ich dieses luftige Zimmer nunmehr richtig benennen –, jetzt war es also schön warm auf dem Balkon. Wir lagerten draußen auf der Liege oder den zwei Hockern und schauten alles an. Nahe bei uns stand ein hoher, sicher grüner Baum, so nannten ihn die Großen, in dem sich flatternde Wesen aufhielten. Sie lärmten zwischen den kleinen Einzelblättern herum, versuchten aber nicht mehr, sich unserem Balkon zu nähern. Sie fürchteten uns. Gut so. Der Balkon ist sonst ähnlich dem in der Heimat, mit Pflanzen und Töpfen und manch schönem Geruch.

Einmal, als ich so bequem in der Sonne lag und der Bruder von seinem Hocker aus durch das Gitter des Balkons schaute – es gibt auch hier ein Netz –, merkte ich, wie er sich anspannte und mit höchstem Interesse nach unten starrte. Sofort war ich an seiner Seite und sah, wie sich unten im Gras ein Wesen bewegte, ein Tier, das so aussah wie – er selbst! Es mußte also ein Bär sein. Er war grauschwarz mit weißen Flecken im Gesicht und schlanker als R., das schon, aber er schritt sehr geschmeidig einher und anmutig, blieb stehen, schnuffelte, genau wie R. es macht – und genau wie ich. Er verschwand dann aus unserem Blickfeld, aber wir hätten ja nichts mit ihm anfangen können (weiß gar nicht, was) von unserem hohen Sitzplatz aus.

In der Nacht war es dann draußen sehr hell durch diese kleine freundlich weiße Scheibe am Himmel (»Mond«), und also sah ich bald dann andere Tiere im Gras, im dunklen. Manchmal spazierten rundliche, schnell trippelnde herum und raschelten, dann wieder solche wie Ramirez. Einmal waren es zwei dieser Art, die sehr gemächlich hintereinander um eine Ecke bogen und verschwanden.

So gab es – doch noch andere Wesen als wie uns! Oder als wie wir, vielleicht. Erstaunlich! Aber allzu viele konnten es nicht sein. Dies waren ja die ersten in meinem langkurzen Leben. Nie hatte ich auf unseren Reisen auch nur einen einzigen unserer Art gesehen, nie. Aber halt: Bei der Mutter, so weit so fern, waren da nicht noch weitere Bären gewesen, und sie, die Mutter selbst? Wo waren sie jetzt überhaupt alle? Warum waren wir nicht mit ihnen zusammen, sondern mit den Unseren hier, den ewigen zwei Großen? Wieviel Kummer und sogar Zorn wäre uns erspart geblieben!

Das macht mich alles ganz unsicher und verwirrt mich.

Wir haben es gut bei Mann und Frau, stimmt. Wir erleben viel, stimmt auch. Aber wie wäre es mit den anderen gewesen, den richtigen Unseren, also unseren Unseren? Wären wir da nicht viel, ja noch viel besser aufgehoben gewesen? Und hätten schöne Spiele gemacht im Stroh und uns gefetzt hinauf und hinunter und die Scheune die lang und die breit? Diese Fragen kann mir nichts und niemand beantworten, und R., das sage ich Ihnen im Vertrauen, R. würde die Fragen erst mal schon gar nicht stellen. Warum haben uns die Großen weggeholt, und wozu brauchen sie uns? Wer das wüßte!

Ich muß mich also korrigieren: Es gibt noch weitere Tiere unserer Art, es muß sie geben. Gut wäre es, wenn ich eines oder zwei persönlich kennenlernen könnte und sie kämen mich besuchen, wie ja auch die Großen dauernd welche für sich hereinlassen.

Als es einmal klingelte an der Wohnungstür, erschien nicht ein Bär als Besuch für uns, leider nicht, sondern ein riesiges Paket, das kaum durch die Tür ging. Die Frau öffnete es und mühte sich lange mit den Teilen, die sie herausnahm und die sie offensichtlich irgendwie zusammenbauen oder -stecken wollte. Sie waren recht grob, teils rund, teils eckig, eine dicke, aber kurze Röhre war auch dabei. Die Teile rochen nicht unangenehm, muß ich sagen. Wir versuchten, der Frau zu helfen, konnten aber nichts ausrichten. Ich glaube, wir waren ihr im Wege, denn sie schloß uns beide kurzerhand ins Badezimmer ein.

Hier hatte R. seit längerem ein neues Spiel entdeckt, das uns gut unterhielt. Er war schon immer am Wasserrauschen in der weißen Toilettenschüssel interessiert gewesen und jetzt endlich hinter ihr Geheimnis gekommen. Auf dem Kasten an der Wand hinter der großen Schüssel gab es einen Deckel, und in dem Deckel war ein kleines Teil locker, so daß man draufdrücken konnte. Ließ man es los, schnellte es zurück, und man konnte wieder draufdrücken. Das war an sich schon recht lustig, aber beileibe nicht alles. Das Lustigste war: Mit jedem Drücken rauschte das Wasser, das sich offensichtlich in dem Kasten gesammelt hatte und schon darauf wartete, unten heraus und in die Schüssel, daß es nur so gurgelte und spritzte und lärmte, bis das auch vorbei war und es sich wieder beruhigte und still wurde. Dann fing es aber im Kasten wieder an zu pritscheln und zu tropfen und zu laufen, und kaum hatte sich neues Wasser gesammelt, konnte man es schon wieder losschicken, in die Freiheit oder wohin. Es verschwand immer blitzschnell, wohl, weil es genau wußte, was es wollte. Mal kam es laut platschend herausgeschossen, mal tröpfelte es, aber immer passierte irgendwas. Erst drückte ich, und R. guckte sich die Vorgänge in der Schüssel an und versuchte, Tropfen zu fangen, später umgekehrt. Es war dies ein Spiel, das immer ging.

Wir machten das Spiel meist heimlich. Das muß Tieren erlaubt sein, Bären zumal. Es ist schrecklich, wenn alle Bescheid über uns wissen.

Im Flur, wo die Frau weiter werkelte und nichts von unserem Tun hörte, tat es jetzt laute Schläge, etwas fiel krachend auf den Boden, die Frau schrie und schimpfte fast vor Zorn. Darauf wieder Schweigen und Hämmern.

Was ging da vor? Endlich öffnete sich die Tür, und vor unseren Augen stand, groß und fest und vom Fußboden bis zur Decke reichend, eine kleine Art Baum, ein Hausbaum. »Das ist euer Kratzbaum«, sagte die Frau, »da geht ihr jetzt immer hin, wenn ihr kratzen wollt, damit nicht alles in der Wohnung kaputtgeht.« Warum nicht? Im Nu war ich oben, schlupfte in die Röhre, die seitlich am Baum angebracht war, und haute dem R., der sogleich nachkam, kraftvoll eine auf den Buckel. Der Baum war in Ordnung, aber ich behielt mir vor, auch noch weiter an der Liege zu kratzen. Die kleine Abwechslung, die brauche ich.

Im Bett der Großen, schien es mir, war es besonders schön in dieser Wohnung, wenn es auch nachts manchmal recht eng wurde, denn mit uns und der Frau und dem Mann lagen da noch einige unnütze Fast-Tiere und nahmen unseren Platz weg; und noch viele Kissen. Unter den Fast-Tieren war ein sehr nettes, ganz in hellen Pelz gekleidetes, das helle blaue Augen hatte (ganz sicher keine roten) und hinten einen niedlichen runden Ringelschwanz. Der gefiel mir. Ein weiteres Fast-Tier fiel durch sehr unschöne lange braune Ohren auf und sonst gar nichts. Warum schliefen die mit uns? Immer wieder diese Fragen und keine Antwort. Das Bett sollte für uns sein und für die Unseren und nicht noch für allerlei Getier und Gezücht. Es lagen ja auch häufig noch diese Bücher drin und einmal, Sie glauben's nicht, war es eine Tasse. Immerhin eine leere Tasse.

Nun gut. Wir fühlten uns wohl und taten wohl auch einiges im Übermut. So gewöhnten wir uns an, in die

Nähe der Wohnungstür zu laufen, sobald das Schlüsselklimpergeräusch ertönte. Es genügte für unsere Ohren, wenn Mann oder Frau nur ihren Schlüsselbund in die Hand nahmen, wir hörten es immer. Wir versteckten uns dann hinter dem Vorhang seitlich der Wohnungstür, zwischen den Schuhen, und kaum hatten die Großen die Tür geöffnet, schon schossen wir heraus. Oft merkten sie es erst, wenn wir bereits auf der Treppe nach oben waren. Dann mußten sie uns fangen und hinter uns herhasten, erst nach oben, wo die Treppe aufhört, dann wieder nach unten, wenn sie uns nicht erwischt hatten. Da ging es allerdings sehr tief, und ich ängstigte mich meist, das sei eingestanden, bevor ich ganz unten angekommen war. Also schritt ich einfach vorher auf eine andere Wohnungstür zu und tat, als ob sie mich mächtig interessiere, und ließ mich gnädig fangen. R. machte dabei seine eigenen Spielchen, indem er mich begleitete oder eben genau in die andere Richtung lief, so daß der Mann die Frau zu Hilfe rufen mußte, oder sie ihn. Das gab eine herrliche

Hatz und befriedigte uns sehr. Nur durften wir es nicht zu oft machen, sonst würde selbst die Frau noch böse werden. »Böse Mizzis!« hieße es dann auch, und bis jetzt hatte die Frau immer nur gelacht und uns schön in ihren zwei Armen hinauf oder hinunter in die Wohnung getragen.

Dieses Spiel hatte, ohne daß ich mir dessen immer ausreichend bewußt war, einen ernsten Hintergrund und rührte an unseren – ich kann hier für den Bruder sprechen –, an unseren tiefsten Kummer. Die Großen sollten nämlich sehen, wie es war, wenn wir nicht da waren, oder zumindest, wenn wir einfach so hinausgingen, wie sie es andauernd taten. Ich habe es bisher verschwiegen, aber manchmal sammelten sich Haufen von Sachen in der Wohnung, in der Treppen- und der Heimatwohnung, wir lauerten und lauerten, es tauchten Taschen und sogenannte Koffer auf – aber unser Reisekorb nicht. Der Reisekorb kam einfach nicht. Dabei wußten die Großen die ganze Zeit, wo er stand. Und dann – nahmen sie die Taschen und die Koffer, gingen hinaus, machten die Tür zu und drehten den Schlüssel zweimal um. Das war immer wie ein Schlag und ein Biß zu gleicher Zeit, und das tat so weh! Es tut jedesmal weh, und immer hoffe ich, diese Reise ohne uns, die ist jetzt sicher die letzte, aber es stimmt nicht. Es kommen immer wieder neue Reisen und Fahrten und was noch, und das letzte Mal – o Wehgeschrei und Qual – nein, heute nicht, vielleicht später. Später erzähle ich vom letzten Mal, oder dem davor oder danach.

Bei unserem Treppenspiel war es leider so, daß wir lange nicht herauskriegten, ob die Großen, wenn das Klimpergeräusch ihr Weggehen ankündigte, länger oder nur kurz fortbleiben würden. Erst später sollten wir beide, Ramirez und ich, fast gleichzeitig erkennen, daß es ein untrügliches Signal gab, das sagte: kurzes oder langes Fernbleiben. Soweit war ich damals aber noch nicht, und beinahe hätte ich wegen meines Unwissens ein Abenteuer gehabt, das hätte böse ausgehen können.

So sprangen wir aber unbeschwert herum und durften den Balkon auch immer nutzen. Das Netz verhinderte ja, daß wir bei besonders gewagten Sprüngen und Fetzereien hinunterfielen, wie damals – (lassen wir das).

Bei einer Jagd im Wohnzimmer ging es immer wieder, in der Abwesenheit von Frau und Mann, vom Boden auf den durchsichtigen – Glas! jetzt hab ich es –, auf den Glastisch, von dort aus zum Sessel, dann zurück, in langen Sprüngen auf den Balkon, zum Kratzbaum, herunter, ins kleine Zimmer und so weiter und so fort. Sie können sich das sicher vorstellen. Während ich so sprang, fiel mir das mit dem Helfen ein und ob ich der Frau nicht wieder einmal helfen könnte, weil sie uns alles so schön bereitete. Möglicherweise war ich aber nur kurz ein wenig – verrückt, ja, verrückt. Das Ergebnis meiner Idee, ihr mal wieder zu helfen, fiel nämlich recht erschreckend aus, wenn sich auch im Fortgang alles wieder beruhigte und ordnete.

Ich hatte mir eigentlich wenig dabei gedacht. Zunächst jagte ich den R. in der bekannten Weise vor mir her und tat dies so geschickt, daß er immer wieder auf den Glastisch springen mußte, wollte er mir entkommen, auf den großen niedrigen Glastisch mit dem Blumengefäß drauf. Wir versorgen uns übrigens gern mit dem Grünzeug und knabbern und zerren daran. Nicht selten wackelt dann das Gefäß, und wir hören das bekannte »Nicht, Mizzis, nicht!«.

Bei diesem Jagdspiel nun stieß ich im Versuch, den R. springend zu erwischen, seitlich mit dem Hinterbein an das Blumengefäß. Es donnerte mit einem entsetzlichen, alles vernichtenden Schlag auf die Glasplatte, diese platzte in einem grauenhaft reißend-krachenden Geräusch und zersplitterte und zersprang in zwei Teile. O weh und achduschreck! Fort, nichts wie fort!

Als wir nach Minuten und Stunden uns wieder in das Zimmer wagten, entdeckten wir zudem, daß nicht nur das Glas zersprungen war und überall auf dem Boden lag, sondern auch das Gefäß dahin und daß es das Wasser, das wohl in ihm versteckt gewesen war – wo sonst? –, ganz und gar herausgelassen hatte und es nun tückisch blinkend und schimmernd und ohne jede Bewegung auch auf dem Boden lag und nicht mehr fortging. Das Blumenzeug lag ebenfalls einzeln herum.

Das hatte ich nicht gewollt! Wirklich nicht. Ich wurde ganz verzagt und kleinlaut, und R. blickte sogar richtiggehend besorgt drein mit seinen steilen Falten und Furchen auf der Stirn. Da war es am besten wegzugehen und zu vergessen. Vergessen, ja. Wie einen Sinnes wählten wir den Balkon, streckten und dehnten uns dort und rollten uns zu einem gesunden Schläfchen ein. Es war dies die richtige Entscheidung, denn bald darauf erschien mir im Traum die Maus, und ich packte sie und machte sie klein und fraß sie auf mitsamt dem provozzierenden Plusterschwanz. Da schlief ich dann gleich noch besser.

Die Großen kamen zurück. »Achduschreck!« hörten wir. »Mizzis, Mizzis, so geht das nicht!« Das war der Mann. Sie machten dann eine Weile herum mit dem Glas und den Splittern und dem Wasser, während wir uns draußen fast ein wenig duckten. Als wir viel später die Geräusche hörten, die »Tee machen« bedeuteten, wagten wir uns herein. Ich ließ Ramirez den Vortritt. Ganz langsam und lautlos kamen wir daher.

»O Mizzi!« sprach die Frau, als sie den R. sah, sie schien gar nicht böse, eher etwas erschöpft. »Mizzi, kwanta pehna mi kosti!« Dieses Zeug verstand ich nicht, erst recht nicht, als der Mann noch hinzufügte: »Fiegaroh, vierter Akt, zweite Zähne.« Wollten sie sich über uns lustig machen? War das besser als Schimpfen? Im übrigen war alles wieder fast trocken, der dumme ehemalige Tisch war ganz fort, an seiner Stelle gab es gar nichts mehr, und das Blumenzeug stand in einem anderen Gefäß am Boden. Dann war ja alles wieder in Ordnung.

Bald darauf vernahm ich noch etwas Merkwürdiges

und kann es Wort für Wort wiedergeben. Die Frau sagte nämlich: »Die Mizzis haben Geschmack. Erst die Krüge, die waren wirklich nicht besonders schön, jetzt der Tisch. Er hat mir eigentlich noch nie gefallen, aber ich hab es dir (das ist: der Mann) nicht sagen wollen.« Das bedeutete doch nichts anderes, als daß wir ihr eben doch und schon wieder geholfen hatten, wir, oder besser: ich, unter Mitarbeit von Ramirez. Staunenswert!

Seitdem fürchte ich mich aber gleichwohl ein wenig vorm Helfen und überlege es mir zweimal und lasse es dann doch. Es passiert sonst noch was. Es passiert ja sowieso schon so viel und zerrt an unseren Nerven. Da heißt es sich schonen.

Unser gutes Leben ging nun munter weiter, doch merkte ich, wie mich der Gedanke an die Treppe und das Hinauswitschen immer wieder beschäftigte und – kitzelte, ja. Da gab es etwas, das ich noch ausprobieren mußte.

An einem Tag, an einem unvergeßlichen, der besonders viel Unruhe brachte mit Wesen, die klingelten, die was hereinbrachten oder die kamen, blieben, redeten und wieder gingen und später noch einmal erschienen, als könnten sie uns einfach nicht genug stören, an jenem Tag waren die Unseren am Abend selbst so durcheinander, daß sie ebenfalls noch weggehen wollten. Es war schon dunkel draußen, als sie die Schlüssel nahmen und ich mich hinter dem Vorhang bei der Tür versteckte. Die Frau machte die Tür auf, ging aber nochmals ins Zimmer zurück. Da rannte ich hinaus, ungesehen, und lief die Treppe hoch, weil ich mich dort gut auskannte. Ich hörte dann, wie Mann und Frau die Treppe ganz hinunterstiegen. Die Haustür klappte zu. Ich war allein. R. hatte es nicht geschafft, vielleicht hatte er sie aber auch abgelenkt, als er mein Vorhaben erkannte. Die dienende Rolle steht ihm ja eigentlich ganz gut.

Ich jedoch würde endlich erfahren, was es mit der Restwelt so auf sich hatte, von der die Großen mich immer fernhielten. Magsein, daß ich auch eine Maus traf. Die würde staunen, wie ihr geschehen täte!! Ich schlich die Treppe abwärts, erst langsam, dann immer schneller, denn Angst hatte ich plötzlich keine mehr. Der Forscherdrang überwog. An der Haustür vorbei nahm ich zunächst den Weg nach ganz unten, kam aber dann nicht weiter, da sich mir Wände und geschlossene Türen in den Weg stellten. Also zur Haustür zurück. Ich setzte mich neben sie und konnte durch das Glas allerlei Interessantes im Dunkeln ausmachen. Da ging auf der ganzen Treppe und vor der Tür das Licht an, Schritte kamen von oben, und ein unbekanntes, fremdes Wesen, dessen Geruch und Dunst mir gar nicht angenehm waren, öffnete vor meinen Augen und ohne mich zu sehen (ich war wieder kurz auf die Treppe nach unten zurückgewichen) die Tür und entfernte sich. Bevor sie wieder zuschlug, war ich draußen.

Aaah! Freiheit, so nennt man es wohl. Freiheit! Wie roch sie erregend und vielversprechend. Mutig schritt ich aus, zur Seite ins dunkle Gebüsch. Wie gefiel mir der weiche Erdboden. Jedes neue Fleckchen roch anders. Ich prägte mir jeden Geruch ein und ließ mich immer weiter locken. Das hörte ja gar nicht auf! Es kam eine endlose Fläche, die nur aus Gras bestand, aber als ich sie endlich überquert hatte, fand ich noch schönere farbige Düfte, die ich in aufgeregten Zügen einatmete. Ich wollte gar nicht mehr aufhören. Sie gingen von allerlei Pflanzen aus, spitzigen und runden, fächelnden und starren. Es gab weiche und harte, große und ganz kleine Blätter. Als ein Wind sich erhob, fingen sie leise an zu flüstern, und ich lauschte gebannt ihrer unbekannten Sprache. Leider war der Himmel ganz einfarbig grauschwarz und nichts flunkerte und flimmerte dort oben, wie ich es daheim oft gesehen hatte.

Wie ruhig es war. Zufrieden streckte ich mich zwischen den Halmen aus und lobte meinen Fluchtentschluß. Gleichsam um mich zu bestätigen, kroch sofort ein dummes kleines Tier vorbei mit wohl einer Milliarde (?) oder jedenfalls einem Schock Beinen (es waren klar sichtbar mehr als zwei), das ich umstandslos ergriff und fraß. Es schmeckte delikat.

Etwas entfernt raschelte es, und ein anderes Tier kam schnell und furchtlos angetrippelt. Beinahe wäre ich vor Schreck mit allen Beinen gleichzeitig in die Höhe geschnellt, aber ich bezwang mich, drückte die Beine nur durch und machte eine riesigen Buckel. Der freche Trippler stellte sich als ein fast kugeliges Wesen heraus, voller Stacheln und Nadeln, das sich durch mich nicht im geringsten beeindruckt zeigte. Es roch mich wohl auch nicht, sondern blieb erst kurz vor mir stehen. Ich beruhigte mich und beugte mich hinunter, den Stachler behutsam zu beschnuffeln. Er pikste mich leicht. Ich hatte sowas schon geahnt und nahm es ihm nicht weiter übel. Während ich ihn aber noch bestaunte, schritt er schon wieder eilig auf seinen kurzen Beinchen davon. Ich zog dann ebenfalls weiter und sah bald zwei andere Stachler, die einer hinter dem anderen im Gebüsch verschwanden. Nun, das kannte ich ja schon.

Ein wenig später sprang ich auf eine Mauer und sah mich um. Jetzt müßte, dachte ich, jetzt könnte ein Bär auftauchen. Das ist die beste Lage, ihn beim Herannahen zu beobachten. Einen Bären wollte ich kennenlernen, persönlich, und mit ihm Umgang pflegen, einen neuen Bären, da ich den R. ja schon gar zu lange kannte und seiner häufig insgeheim überdrüssig war. Ich wollte gerade verzagen, als ein leichtes Schreiten mich aufhorchen ließ. Mit allen Ohren, Augen und mit der Nase spähte ich in die Richtung der kleinen trockenen Geräusche – schon (O meiner Ahnungsfähigkeit und wundersamen seherischen Art!), schon sah ich ihn.

Es war ein Bär wie jener, den wir vom Balkon aus gesehen hatten. Er gefiel mir gut, aber mir kamen rasch Zweifel an seiner Gesinnung. Und wenn er mein Gegner war und mich aus unerforschlichen Gründen haßte? Ich wurde ganz unsicher. Da sah er mich und erstarrte. Ich erhob mich auf meiner Mauer. Der andere streckte sich und war auf einmal um vieles größer. Ich tat es ihm gleich und sträubte noch meine Haare auf dem Rücken. So starrten und stierten wir uns an, im matten Licht, das von einem Haus ausging, weiß nicht wie lange. Er kam noch zwei Schrittchen näher. In mir brummte es kraftvoll und drohend, daher blieb er stehen und grummelte laut auf seine Weise zurück. Lächerlich! Schließlich stand ich oben! Ich verstärkte meinen Drohgesang und setzte auch noch spitze Kreischer ein, die mir schon bei den

Kämpfen mit dem Bruder gut geholfen hatten. (Der gute Bruder, flüchtig dachte ich an ihn. Was tat ich hier eigentlich?)

In diesem Augenblick ertönte aus einem Haus heraus eine Stimme. »Bibilein«, sang sie, »dein Freßlein wartet. Komm herein, Bibilein.« Ich fühlte, wie der Gegner schwach wurde. Er war Bibilein. »Bibilein«, rief es wieder, »Bibi, dein Freßlein.« Vor meinen Augen schrumpfte Bibi und verwandelte sich im Nu in ein fast winziges Bärlein. Erst langsam rückwärts gehend, dann blitzschnell davonspringend entschwand er aus meinem Blickfeld.

Schöner Gegner oder Freund oder was. Gibt einfach auf, weil ihn sein Freßlein lockt! Kein Kampfesmut, kein Stolz, kein Mark in den Knochen, oder?

Ich atmete auf und durch und legte mich auf der Mauer wieder bequem hin. Hunger hatte ich keinen, ich doch nicht, aber der Gedanke an den Bruder brachte mich etwas durcheinander. Mußte ich nicht wieder zu ihm zurück, zu ihm und zu den zwei anderen, den Großen, oder wie sie hießen? Ringsum war es noch stiller geworden, und in den Häusern war es nicht mehr hell. Schade, daß es nicht diesen runden Mond am Himmel gab. Statt seiner zeigte sich kurz ein anderer, krallengleicher, der aber gegen die Dunkelheit nichts ausrichten konnte. Nur noch eine Lampe brannte, außen an einem Haus. Mir schien es auch recht feucht und kühl zu werden. Mäuse gab es wohl gar keine. Sollte ich zurückgehen? Oder noch etwas ausharren? Es war alles sehr interessant, das ja, aber mußte ich hier sein? So geriet ich ins Sinnen und legte den Kopf auf die Pfoten.

Auf einmal stand im Lichtkreis der einzelnen Lampe ein wunderschönes Bärenwesen in Weiß und Gold und sah mich an. Ich sprang sofort von der Mauer und ging geradewegs auf das Weißgoldene zu. Jaa! Dieses Bärenwesen war mir gemäß. Ich umschlich es mit höchstem Interesse und bestaunte den runden Kopf, das liebliche eng an den Körper gelegte Fell, den eleganten Schwanz mit der weißen Spitze (wie meiner, wie meiner!!) und die feinen langen Schnurrhaare. Aus goldenen Augen sah es mich einladend an, sehr einladend, und schwenkte seinen Schwanz auffordernd zur Seite. Da wußte ich, was zu tun war und schwang mich feurigglühend auf das Wesen und umfing es mit allen Beinen und biß es fast in den Nacken. Es duldete alles und schien huldreich abzuwarten –

– aber ach, wie trügerisch! Es war nur ein Traum. Ich schreckte von irgendeinem Geräusch auf. Das schöne Wesen war dahin. Ich fand mich – ich will ehrlich sein – zitternd auf der Mauer wieder, allein. Nichts raschelte, nichts lockte, nur von oben fiel Feuchtigkeit auf mich herab.

Ich wollte auf einmal heim, nur noch heim, schnell.

Den Weg zurück fand ich bald. Ich überquerte auch die große Grasfläche und kam nach einer Weile zu unserer Haustür. Sie war geschlossen. Was hatte ich anderes erwartet?

Da erfaßte mich ein großes Weh. Es war so ungemütlich geworden, und meine Neugier, die war mir gänzlich abhanden gekommen. War ich denn blöde gewesen, als ich so ohne Bedenken davonsprang? Die Tür würde schon wieder aufgehen, da war ich mir sicher, dann käme ich ohne weiteres zu unserer Wohnungstür, und da wüßte ich schon mich bemerkbar zu machen. Wenn nur die Großen, meine ausgezeichnet guten Großen, wieder heimgekommen waren! Das war meine Sorge. Ich suchte mir unter einem Busch eine noch trockene Stelle und verharrte dort, in halbwachem Zustand, bis die Luft grau wurde, dann hellgrau. Das also war das sogenannte Morgengrauen. Mir grauste ganz schön. Eine gute Nacht war das nicht gewesen.

Inzwischen nahmen die Geräusche in den Häusern wieder zu. Unsere Haustür ging auf, aber es kam ein unbekanntes Wesen heraus, das mich verschreckte, und später noch eins. Panik ergriff mich. War das überhaupt das richtige Haus? Wo war die Frau? Wieder ging die Tür auf, wieder spitzte ich hoffnungsvoll aus dem dichten Gebüsch. Es war die Frau! Oder doch nicht? Es war jedenfalls ein großes Wesen, der Frau ähnlich, und es rief etwas, das entfernt wie Mizzi, aber auch wie Bibi klang. Was sollte ich tun, wenn ich die Frau nicht mehr erkannte? War ich denn so lange fortgeblieben? Das Wesen rief noch mehrmals einen Namen und ging wieder ins Haus, wenn es denn unser Haus überhaupt war! Was sollte ich bloß tun?

Schon bald darauf ging die Tür erneut auf. Fast verzweifelt starrte ich hinüber. Was erschien? Es erschien – unglaublich, wonnig, wundersam – es erschien unser – Reisekorb! Mein Reisekorb, der schönste von allen! Er erschien vor der Tür und wartete dann ab. Ruhig stand er da. Ich konnte sogar seinen Geruch erschnuppern. Es war unser eigener guter Geruch, den wir auf so vielen Reisen hinterlassen hatten und der so viel Sicherheit gibt und Halt. Etwas Zeit verging. Noch immer wartete er – auf mich! Jawohl, auf mich ganz allein. Jetzt verstand ich es. Da setzte ich mit zwei riesigen Sprüngen hinüber, tat ein Schrittchen und – war drin. Alles war so, wie ich es verlassen hatte. Wie sanft das Kissen mich empfing. Glückschnaubend legte ich mich nieder. Jetzt würde auch bald die Frau kommen, und das Wesen, das den Korb holen würde, das wäre – auch die Frau!

Da kam sie schon. »Ja Miezlein, wo warst du denn?« so rief sie, fast entsetzt und immer noch besorgt. Schnell trug sie den Korb mit mir nach oben und rief noch im Treppenhaus zum Mann hinauf und zum Ramirez, »Ich hab ihn, er ist in den Korb gegangen!«, als wären das auch für sie die zwei schönsten aller möglichen Sätze.

Was dann alles geschah, weiß ich heute nicht mehr genau. Mann, Frau und Bruder bemühten sich um mich. Die Frau untersuchte mein Fell und alles und säuberte mir die Pfoten (hätte ich schon noch selbst getan). Essen und Wasser kamen daher. Dann ließen sie mich in Ruhe.

Ich wählte eine Stelle im Bett und schmiegte mich an ein Kissen. Ramirez legte sich in die Nähe und beobachtete mich. Er wirkte verwirrt und erleichtert, die Großen übrigens auch, wobei die Frau blaß und fast schon kränklich aussah.

Wie roch das Kissen so gut und traut. Und das hatte ich für so ein Bibilein und ein paar eigensinnige Stachler aufgeben wollen. Die Fremde, glaubte ich da zu wissen, war nichts für mich, und ich schwor mir, nie mehr, ja nimmermehr den Weg ins Weite noch zu nehmen.

In meinem Innersten aber hätschele und pflege ich das Bild des weißgoldenen Wesens. Es war zwar bloß ein Traum, aber im Traum war das Goldene doch ganz und gar wirklich, und es gehörte mir allein. Sehr suptil gedacht, finden Sie nicht auch?

Wir werden immer klüger

Mein Bedürfnis nach Ruhe und Ordnung meldete sich nach den geschilderten Eckszessen und Eckstasen (Sie staunen? Ich kenne noch ganz andere Wörter, zum Beispiel kalmieren oder kompromiezlos), mein Ruhebedürfnis meldete sich also nach all den Aufregungen der letzten Zeit deutlicher denn je zuvor. Ich hatte mich aber soweit ans Reisen gewöhnt, daß es mich nicht mehr sehr durcheinanderbrachte und ich es als Teil unserer Lebensordnung bald schon sah. Die Bemerkungen, die wir unterwegs hören mußten von jenen sogenannten Mitreisenden, waren weiterhin meist eine Last. Einer, ein ganz blöder, fragte: »Fahren die zu einer Rassekatzenausstellung?« und bekommt von mir den Preis für die mausdoofste Frage überhaupt. Auch wurde es im Korb jetzt recht eng – warum eigentlich, wir gingen doch sonst immer so gut hinein? –, aber die Fahrten waren bei genauem Beachten der Signale der Großen gut zu packen und durchzuhalten, und letztlich hat jede Wohnung, jede der zwei Wohnungen (Heimat-, Treppen- und Höhere Wohnung), ihre Vorzüge. Und, was ich leider nicht gleich begriffen hatte: Die Unannehmlichkeiten der Reise hängen doch damit zusammen, daß wir dabei sind, daß wir dabeisein dürfen, daß wir mit der Frau sein dürfen, gut, von mir aus, auch mit dem Mann, denn wenn sie uns nicht den Korb hinstellen und uns nicht hineindrücken, dann müssen wir doch alleine zurückbleiben, für lange, ganz lange. Das wollen wir nicht. Auf keinen Fall! Ich spreche hier in meinem Namen und auch im Namen meines Bruders Ramirez, ebenfalls Edler von Bär: Wir wollen es nicht!

Ich deutete schon an, daß es uns sehr beunruhigt, wenn Koffer und Taschen herauskommen in den Flur, das ganze Zeug, aber der Reisekorb nicht. Beim ersten Mal war es ein großer Schreck und eine Gemeinheit. Die Tür schloß sich hinter den Großen mit allem ihrem Gepäck (es war in der Treppenwohnung), und wir blieben zurück. Was waren wir verdutzt! Was bedeutete das, wie sollte das gehen?

Zwar vergaß ich die Fragen recht schnell, weil mich R. etwas abschleckte, magsein um mich zu kalmieren (siehe oben), und ein Fangespiel anregte, bei dem ich fortlaufen mußte und er mich kriegen und meine auffallend weiße Schwanzspitze abschlagen, an der er fast so viel Freude hat wie ich, aber um unsere Essenszeit herum tauchten sie, die Fragen, wieder auf. Ich wurde sehr unruhig und gereizt, und die Jagd auf R., der sich geschickt auf einen Schrank gerettet hatte und mich nicht hinaufließ, tat diesmal nichts, um mein Nervenflattern zu beenden. Da hörten wir plötzlich, wie ein Schlüssel ins Schloß der Wohnungstür gesteckt wurde. Die Tür ging auf und – achduschreck! – nicht die Unseren, sondern ein uns völlig unbekanntes großes Wesen kam herein, als wäre es hier zu Hause. Entsetzt wichen wir zurück. In mir drehte sich alles. Wo war ich? War das noch unsere Wohnung?

Das war das falsche Wesen! In Panik verkrochen wir uns unter der Liege, bis wir dieses Wesen rufen hörten. Es rief mit völlig falscher Stimme, aber immerhin: »Minnie, Ramirez, kommt essen!« und dabei ertönte aus der Küche das Körnchengeklimper. Da war Widerstand nicht möglich. Tatsächlich fand sich auf den zwei Tellern die jeweils korrekte Menge Körnchen, wie ich sah, als ich auch R.s Teller überprüfte. Das Wesen schaute uns beim Essen zu, tat frisches Wasser in die Schale und mußte, während wir aßen, auch noch die Toilettenkisten saubergemacht haben. Das sahen wir aber erst später, natürlich.

Die Unseren aber kamen nicht mehr, nie mehr, und jeden Tag erschien das Ersatzwesen zweimal und tat wie oben angegeben. Wir legten uns auf das große Bett zum Schlafen, auch tagsüber, wir kratzten überall herum, manchmal auch am Kratzbaum, wir fraßen alles, was uns das Ersatzwesen hinstellte, aber die Großen kamen nicht. Es drehte sich der Schlüssel, die Tür ging auf, herein kam der Ersatz.

Bis zu jenem Moment, in dem der Schlüssel sich im Schloß drehte, die Tür aufging und die Frau, unsere Frau hereinkam, und der dazugehörige Mann auch. Ach, war ich da froh! Alles wirbelte in mir und drehte sich vor Freude und Erleichterung. Fast hätte ich selbst angefangen zu kreiseln. Ich ging jedoch gemächlich auf sie zu und dehnte mich und streckte mich und riß mein Maul vor Frohsinn ganz weit auf. Ach, wie schnell verzieh ich ihnen alles, aber auch alles. Sie wiederum schienen sich auch sehr zu freuen und spielten und tändelten mit uns herum und taten uns schön, ja, doch. So herrschte sofort Eintracht, besonders als gleich eine Extraportion Freßkugeln dahergekommen war.

Allerdings wiederholte sich der Vorgang noch zweimal, in der Treppenwohnung und in der Heimatwohnung, zweimal und noch viel mehr. Ich mache Ihnen mal eine Liste der Fremdlinge, die dann außer dem erwähnten Ersatz zu uns kamen. Bedenken Sie die Zumutung: alle, ja ausnahmslos alle waren uns unerwünscht.

Es kamen mittlerweile:

ein ernstes, stilles Wesen, das, vielleicht weil es Angst vor uns hatte, kaum mit uns sprach, die Körnchen verteilte und schnell wieder ging;

ein mehr rundliches Wesen, das unentwegt mit uns plapperte und uns so nervlich sehr belastete;

zwei unterschiedlich große Wesen auf einmal; das eine gab das Essen heraus und so fort, das andere glotzte nur, ging in der Wohnung herum und machte Schränke auf, glaub ich;

ein kleines Wesen gefolgt von einem großen, das ihm, dem kleinen, immer Hinweise gab, weil es nichts wußte und vor Ungeschick oder was mehr Körnchen verteilte, als wir jemals zuvor bekommen hatten;

ein Wesen, das nach einem anderen roch, vermutlich nach einem Tier. Das erboste mich so, daß ich ihm, bevor es noch die Körnchen ausschüttete (Beachten Sie: bevor!, nicht erst hinterher, als alles gegessen war) einen Tatzenhieb versetzte. Ich bin da ganz kompromiezlos (siehe oben). Das Wesen wich mir aber geschickt und ganz gelassen aus.

Das sind noch nicht mal alle Ersatz- oder Reservewesen. Einmal, eigentlich zweimal, kam eines, das uns mit seinem seltsamen Namen vorgestellt wurde. Es hieß »Geistlicher Herr«, und die Frau sagte uns gleich: »So, ihr Mizzis, seid schön brav und macht einen guten Eindruck, denn dieser Geistliche Herr wird euch auch mal füttern!« Kann ein G. Herr das überhaupt? »Geistlich«, nicht wahr, das ist ja etwas Dünnes, Schwebendes, aber der »Herr« zieht es wohl herunter. Wir kannten dieses große Wesen aber schon, denn vom Fensterbrett aus, auf der Seite, wo nicht das Wasser ist, kann man ihn oft sehen, wenn er ins Haus hineingeht. Sieh mal an, dachte ich mir, ein Geistlicher kann, genauso wie wir Fleischlichen, jawohl, wir Fleischlichen Herren, in einem Haus wohnen und auf dem Boden gehen. Dieser Herr hier trifft sich auch hin und wieder unten mit unserem Mann.

Dann reden sie oft wirres Zeug. Einmal hörte ich, wie der G. Herr sagte, ungelogen: »Das steht ja schon eckspressi werbi in der Entzücklika de Progressio Poppulorum.« Ein andermal fragte der Mann, ob es eine Möglichkeit gäbe, Tiere, ja Katzen zu segnen. Ich sagte es schon: der Mann hat unbegreiflich verwegene Ideen. Der G. H. verneinte dies lebhaft, vielleicht mit einer gewissen Mißbilligung in der Stimme. Der Unsere schien daraufhin etwas bedrückt und verabschiedete sich schnell von dem anderen.

Ich weiß nicht, was »segnen« ist. Wissen Sie's?

Das Füttern erledigte der G. H. aber sehr gut, und wir waren von ihm fast entzückt, das heißt ganz zufrieden mit ihm und immer vorausgesetzt, solche Ersatzwesen sind überhaupt nötig. Wenn die Großen immer bei uns blieben, wären sie nicht nötig. So ist es doch.

Leider müssen wir damit rechnen, daß es immer wieder passiert und die Großen wegbleiben. Eigentlich ist es so, daß wir diese immer drohende Möglichkeit in der Zwischenzeit vergessen, weil es uns so gut geht, und wir es jedesmal wie das erste Mal erleben. Ich tue mir dann recht leid und komme ins Sinnen und Klagen. Das kennen Sie schon, nicht wahr. Warum haben sie uns geholt, wenn sie dann doch wieder fortgehen? Warum können zur Strafe nicht einmal wir weggehen und sie alleine lassen? Aber halt, das hatte ich ja schon ausprobiert, und es gefiel mir nicht. Es war kein Erfolg. R. würde es sowieso nie tun, weil er zu sehr an der Frau hängt. Ich nenne es oft bei mir: er klebt an ihr. Aber bitte, wenn es ihm gefällt.

Wir waren in anderer Hinsicht schlauer geworden. Wie Sie wissen, beobachten wir den ganzen Tag die Großen. Ich weiß beispielsweise immer, wo die Frau ist und rufe sie auch manchmal, wenn ich sie gerade nicht sehe, mit so einem kurzen Maunzlaut, auf den sie sofort antwortet. Oft sagt sie noch: »Ja, was ist denn, mein Miezerl?« Ihr Antwortlaut entspricht meinem Fragelaut, das muß sie von mir abgelauscht haben, damit wir uns verstehen. Kürzlich gab es folgenden Kurzdialoog zwischen uns.

Ich: »Mau?«

Sie: »Ja, was ist denn, mein Mauerl?«

So geht es oft den ganzen Tag. (Ein Tag dauert übrigens vom Hellwerden draußen bis zum Dunkelwerden und kann mal lang sein und mal kompromiezlos kurz.)

Aber ich wollte Ihnen ja etwas anderes erzählen. Sie sollten vorher noch erinnert werden, daß die Großen, wenn sie nach Hause kommen, sogleich die harten Schuhe ausziehen, die Frau noch schneller als der Mann. Sie steigt aus ihnen heraus, oft stöhnt sie noch dabei, und ich sehe, wie froh sie ist, sie los zu sein. Gleich, manchmal auch später, zieht sie flache weiche Schuhe fürs Haus an, der Mann macht es ähnlich. Das beobachteten wir regelmäßig. Es schien etwas zu bedeuten, nur was? Dann hörten wir ein andermal das Schlüsselklimpergeräusch und sahen sie hinausgehen – und sahen sie zurückkommen. Und auf einmal war es wie ein kleiner Blitz in meinem Kopf, und ich hatte es verstanden:

Wenn sie ihren Schlüssel nehmen, aber die leichten Hausschuhe beim Hinausgehen anbehalten, kommen sie im Nu wieder. Die Frau trägt vielleicht einen dick gefüllten Beutel hinaus und kommt ohne ihn zurück, der Mann tut es auch oder bringt einen Packen mit verschiedenen flachen Papieren herein, alles recht undurchschaubar bis auf eines: leichte Schuhe bedeuten schnelle Wiederkehr; feste Schuhe: sie bleiben lange weg.

Ich habe das oft und zweimal überprüft. Es stimmt. Es stimmt immer und gilt in allen zwei Wohnungen. Ich war so begeistert von dieser Erkenntnis, daß ich den R. anstupste, als die Frau wieder einmal mit den flachen Schuhen an den Füßen die Schlüssel nahm. Er nickte. Sie ging, blieb ganz kurz fort, kam wieder. Ich stupste den R. noch mal an. Sein Blick sagte: ist mir auch schon aufgefallen. Na, ob das stimmt? Egal.

Das Tolle an dieser neuen Einsicht war, daß wir fortan unser Hinauslaufspiel 1 a planen konnten. Wir witschen nur durch die Tür, um nach oben oder nach unten zu laufen, wenn die Großen die leichten Schuhe anhaben. Es besteht dann gar kein Risiko. Selbst wenn sie es nicht merken und uns weglaufen lassen, können wir ganz schnell wieder an der Wohnungstür sein und hineinlaufen, wenn sie zurückkommen.

Das glauben Sie nicht?

Fragen Sie die Frau. Sie hat es auch irgendwann mitbekommen, daß wir in bestimmten Situationen nie mehr hinauslaufen, und wenn die Tür noch so weit offensteht. Dies hat sie dann später mit den Schuhen in Zusammenhang gebracht. Als sie diese Beobachtung dem Mann erzählte, schwieg er erst kurz und wie verblüfft (ich saß auf dem Kratzbaum und hörte und sah alles) und sagte dann: »Das kann schon sein. Aber das glaubt uns kein Mensch!« (Wer oder was dieser oder dieses Mensch ist, muß hier dahingestellt bleiben.)

Die beiden erzählten aber allen, die zu uns kamen, von unserer »unglaublichen Kombinationsgabe« und blickten uns dabei überaus, ja eckstrem stolz an, falls wir uns denn herabgelassen hatten, auch zu erscheinen. Die Blikke der Besucher konnten wir nicht immer deuten, vielleicht glaubten es doch nicht alle. So mancher schaute zweifelnd nicht auf uns, sondern auf sie.

Aber verstehen Sie, was das Ganze bedeutet? Wenn ich das schon gewußt hätte, als ich in der Treppenwohnung von dem Gedanken an die Freiheit gepackt wurde, dann hätte ich – ja, was hätte ich? Hätte ich nicht versucht wegzulaufen? Sollte ich das begrüßen oder bedauern? Ich weiß jetzt doch weniger Bescheid, als ich dachte.

Wissen Sie was? Es ist ganz schön anstrengend, sich an das alles zu erinnern und es dann auch noch zu erzählen. Ich muß jetzt mal eine Pause machen. Ich sollte etwas trinken. Übrigens: Wasser ist immer Wasser, aber Essen ist manchmal Körnchen, manchmal etwas Weiches. Ach was, das erzähle ich Ihnen auch noch! So ein Krampf. Ich werde langsam geschwätzig. Erstmal eine Pause. –

So. Es ist erstaunlich, wie klug und reif wir, das heißt, ich bin. Nehmen Sie die Arztbesuche. Sie müssen offensichtlich sein. Auch hat sich bei dem Arzt herumgesprochen, daß mit mir nicht zu spaßen ist und er nicht einfach an mir herumtasten und -griffeln kann, wie er es vielleicht bei R. sich angewöhnt hat. Jedesmal wenn ich ihn sehe – erblaßt er! Und wie er zittert! Vor Angst. Echt wahr! Ganz und gar wahr! Er schaut mich dann durch die Gitterstäbe an und drückt höchste Hochachtung und sogar Respekt aus. Den R. nimmt er aber heraus aus dem Reisekorb und befingert ihn wie gehabt und sticht ihn fein und zerrt an seinen Ohren, um hineinzuschauen. Der R. hat aber vor dem Besuch so zwei winzig kleine Kügelchen in seinen Mund gelegt bekommen, von der Frau, und auch geschluckt, und ich auch, vermutlich und ehrlich gesagt, und wir sind dann ganz ruhig und gelassen und alles. Einmal nannte uns der Arzt »vorbildliche Patienten«. Die Frau nickte dazu, also sollte das sicher ein Lob sein. Ja, wir sind schon sehr großartig.

Unsere Frau ist auch begeistert von uns, eckstrem begeistert, und jeden Tag und jedes Jahr denkt sie sich neue Bezeichnungen für uns aus, die das immer wieder beweisen. Der Mann hat nur einen Namen: Mann. Die Frau hat nur einen: Frau heißt sie. Aber wir! Wir haben viele und zwei. Erfahren Sie nun, wie die Frau uns nennt, zusätzlich zu Miez, Minnie und Ramirez:

mein Miezerl	Schönerl
Mizzili	mein Schwärzli
Schwarzerl/Grauerl	Bärlein
meine süßen Kerlchen	mein Herzchen
mein Gutchen	mein süßes Hündchen (1x)
Mienerl	meine Tierchen
Herzli	mein Kätzlein (!)
mein gutes Bärchen	mein Feinchen
mein Bärli	Minzerl
mein Häschen	Mauerl
mein Süßlein	Pelzerl

Unglaublich, oder?

Hier muß ich auch berichten, daß der Mann kürzlich etwas völlig Unverständliches in diesem Zusammenhang sagte, das ich aber, der Wahrheit verpflichtet, doch nicht unterschlagen will. Als wir morgen, nein vorhin oder so, einmal auf dem Sofa saßen, alle zwei, versuchte die Frau, uns beide gleichzeitig zu bürsteln – ein Strich bei mir, ein Strich bei R. –, und nannte uns in einem Schwung und Atemzug Bärlein, mein Süßchen und meine Herzchen. Uns gefiel's, und ich dachte: ›Mehr davon, sprich weiter!‹ Der Mann jedoch stand die ganze Zeit schweigend daneben, mit den Händen auf dem Rücken, und schaute zu, fast schien es, als lege er, ramirezgleich, den Kopf ein wenig schief, bis er ihn schließlich schüttelte und dann brummte – und jetzt kommt das Unverständliche: »Was man aus Leidenschaft fürn Schmonzes red.« Die Frau guckte dann etwas ärgerlich. Verstehen Sie den Ärger? War der Mann böse?

Das Wort Leidenschaft, das verstehe ich, denn es prägt viele meiner erlesenen Tätigkeiten. Ich springe nämlich leidenschaftlich gerne und zwar auf alle hohen Sachen, wie Tische, Stühle, Schränke und Fensterbänke, dicht gefolgt oft von meinem Bruder R. Rauf und runter geht's, hin und her, das müssen Sie mal bedenken und uns mit dem anderen Mitbewohner hier, dem Nicht-Tier, vergleichen. Wir haben einen Willen, wir wollen etwas, mal dies, mal das, mal einen hohen Überblick, mal einen Blick auf Füße. Das Nicht-Tier aber kann nichts wollen, noch nicht einmal ungewollt von etwas herunterfliegen, weil es auch so schon immer unten ist. Es kann uns weder Lebenspartner sein noch Feind. Es kann nicht riechen, noch ist es eßbar – also was soll es? Wozu ist es da? Zum Türaufhalten? Das ist doch nichts, das kann auch irgendein anderes Ding oder ein namenloses Gelump, wie es in der Treppenwohnung an der Balkontür steht.

Freilich, die Frage, wozu wir eigentlich (wie soll ich das sagen) *da* sind und dann noch hier bei den Großen (nichts gegen sie), die ist auch noch unbeantwortet, so sehr ich mich als Denker und Edler von Bär anstrenge. Ja, solche Rätselfragen kommen mir manchmal in und zu jenen Stunden, wo ich auf das helle oder vielmehr dunkle Blau des Himmels starre, und ich meine, fälschlich, das Schwere, ja das Schwerste zu verstehen, so leicht und feierlich und ohne Grauen. Eine andere Frage ist diese: Warum mag es der R., der doch so rundlich ist und weich – die Frau nannte ihn kürzlich, wenn ich mich nicht verhört habe, in seiner Abwesenheit »Sofakissen« –, warum mag er es so, in einen Karton hineinzusteigen und es sich im Eckigen gemütlich zu machen anstatt im Runden? Merkwürdigerweise oder auch erwartbarerweise füllt er dann die Ecken so aus, daß man fürchten könnte, er selbst sei eckig geworden. Aber nein! Denn manchmal lauere ich ihm auf, und siehe: er steigt immer wieder rund heraus. In einem runden Korb, den es hier auch gibt, wäre es doch gleich viel schöner. Nun, wie er halt will.

Das Nicht-Tier, das hier in der Heimatwohnung aufhältig ist, riecht nach nichts und kann auch nicht riechen, da bin ich mir sicher. Aber wir! Aaah, was gibt es für interessante Gerüche! Die Unseren bringen immer welche von draußen mit und lassen uns an ihren Händen schnuffeln, damit wir alles mitbekommen. Jeder Besucher riecht anders, jedes Ersatzfütterwesen. Der Geistliche Herr roch zum Beispiel genauso wie seine Wohnung, die ich einmal bei einem Ausflug ins Treppenhaus erwitterte. Er roch

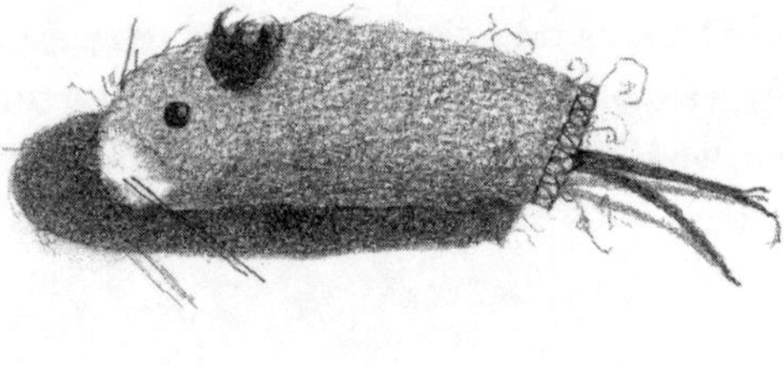

nämlich nach etwas Erhabenem, ziemlich Geistlichem. Die Pflanzen auf dem Balkon, das große Bett mit den Kissen und Decken, die vielen Zimmerecken, die Sachen in der Küche – alles anders und unterschiedlich. Gewiß, manches, gerade in der Küche, beißt mich ohne Ankündigung rücksichtslos in die Nase, daß ich zurückfahre und davonrenne. Das sind dann ganz böse Dinge, die mich übertölpeln und überrumpeln, und da ist es am besten, sie zu meiden und, wenn man sie wiedersieht, woanders hinzugehen, es sich bequem zu machen und sich zu putzen. Es sind dies erfreulicherweise immer Dinge, die sich nicht selbst bewegen können, von alleine. Da sind wir und die Großen schon mal was anderes, nicht wahr.

Aber: wir sollen auch die Nicht-Tiere nicht grundsätzlich verachten. Es gibt durchaus welche, die etwas tun können. Ich lernte denn auch in der Heimat ein solches kennen. Bei aller Bewegungslosigkeit konnte es etwas, eine Sache nur, aber die einzigartig gut. Es konnte riechen, oder besser, es konnte einen Geruch von sich geben.

Dieses Nicht-Tier erschien plötzlich in der großen Tasche der Frau, die sie immer gleich im Flur abstellt, wenn sie heimkommt, zusammen mit den Schuhen. Da sind viele Sachen drin, die in die Küche gehören und die ich schon kenne. Meist suche ich mir den besten Geruch aus und, wenn die Frau nicht schaut, lasse ich mich von ihm leiten, und schon habe ich mich in die Tasche gewühlt und auf etwas Gutschmeckendes gebissen. Da faucht die Frau und klatscht auch gerne in die Hände mit einem lauten Patschen, um mich fortzujagen. Nicht selten nehme ich dann aber einen feinen Brocken mit, ohne daß sie es merkt. Oft schreit sie noch »Mizzi!«, ganz scharf. So war es auch diesmal. Als sie aber die Tasche fast geleert hatte, blieb immer noch ein Geruch drin, der mich sofort fesselte. Ich grub wie wild in der Tasche herum – das durfte ich auf einmal –, und schon hatte ich den Gegenstand oder das Wesen gepackt, von dem der schöne Dunst ausging.

Mit den Zähnen hielt ich es fest, wollte weglaufen und mich mit ihm verstecken, aber zwei Schritte von der Tasche entfernt war ich so überwältigt, daß ich mich rücklings auf den Boden warf, es mit den Vorderpfoten noch zusätzlich festhielt und mit den Hinterpfoten rasend schnell und hemmungslos dagegen trat. Dabei sog ich seinen wundervollen berauschenden Duft ein, bis mir fast der gesamte Bärenverstand abhandenkam. Ich sage fast, denn ich war schon so weit, mich aufzugeben und nur ihm, dem Duftwesen, noch anzuhängen und anzugehören und Bruder, Frau und Mann zu verraten und zu – verkaufen (?) –, da kam Ramirez mit einem gewaltigen Sprung dazwischen, trennte uns, das Wesen und mich, und verschwand mit ihm. Ich blieb recht ermattet zurück.

Wie soll ich dieses Wesen und Nicht-Tier beschreiben? Es war – und ist! – weich und etwas dicker als mein Schwanz, aber kürzer, hat weder Beine noch Pfoten noch richtige Ohren und ähnliches und ist rundlich. Mir scheint es auch irgendwie farbig zu sein. Ein Besuch nannte es, glaub ich, Spielmaus. Spiel-Maus! Da muß ich mich aber sehr wundern, denn wie eine Maus aussieht, das weiß ich ja nun mittlerweile. So jedenfalls nicht. Aber was bedeutet schon das Aussehen oder der Name, der innere Wert ist es doch, der entscheidend ist, das was man eben nicht sehen kann, der Geruch! Und der ist einmalig – einmalig zaubrisch, toll und wonnenreich fürbaß, nein fürwahr. Als ich aus dem verzauberten Kurzdämmern wieder erwachte, hatte ich den Wohlgeruch wohl schon wieder vergessen. Wahrscheinlich gab es dann gleich etwas zu essen, und dabei kann ich an nichts anderes denken als an meinen Bauch und mich bang fragen, ob er denn ausreichend gefüllt wird.

Nach einer oder zwei Weilen merkte ich jedoch, daß ich schon mehrfach an dem Wohlriecher vorbeigegangen war, aber seinen Geruch gar nicht wahrgenommen hatte. Auch sah ich R., der sicher seine eigenen Abenteuer mit ihm erlebt hatte (das möchte ich aber gar nicht so genau wissen), achtlos an ihm vorbeilaufen und ihn, der im Wohnzimmer neben einem Stuhlbein lag, verschmähen. Was war los? Sollte alles nur ein kurzer Rausch und Traum gewesen sein?

Da geschah etwas Seltsames. Die Frau nahm den ehemaligen Wohlriechling, tat ihn in ein Glas mit Kräutern, glaub ich, heißen sie, machte das Glas mit einem Deckel zu und stellte es fort in den Küchenschrank. Ich hatte ihn noch im Glas drin sehen können, doch sein Anblick hatte mich gelangweilt. Aber, und jetzt kommt eine wahre Sensazion: Irgendwann nahm die Frau ihn wieder heraus und – was war? Er roch wieder! Er roch wie wild und betäubend und umnebelte mich vollkommen und bis zum Entzücken, und alles fing wieder von vorne an. R. jagte ihn mir wieder ab und so fort, er kam ins Glas, dann wieder heraus. Taumel, Rausch und Glück. Dann Schwinden des Reizes, dann nichts mehr. Schon zweimal war es so.

Nur dieses eine wunderbare Wesen kann so riechen, daß alles in mir braust und taumelt, wenn auch nur für kurze Dauer. Dann hilft uns beiden die Frau, indem sie uns trennt und das Wesen ins Glas zur Aufheizung oder jedenfalls Auffrischung tut. So kann ich mich immer wieder mit neuer Leidenschaft auf das herrliche Fast-Tier draufstürzen, auf diesen König, ja den Zar der Nicht-Tiere, und so kann ich unsere Beziehung, denn es ist eine, ich merke doch, wie es auf mich hinriecht und mich haben will, wenn es aus dem Glasversteck kommt, immer wieder neu und sehrsehr aufregend erleben.

Bin ich nicht, oder genauer, sind wir nicht, ich und der R., die beiden Adoratöre des duftenden Zarenkönigswesens, zu beneiden?

Ich glaube schon. Allerdings gäbe es das alles nicht ohne die Hilfe der Frau. Und das gibt mir doch sehr zu denken.

Kummer, Putschi, Schnee und Hund

Damit ich etwas mag, muß es gut riechen und keinen Lärm machen und insgesamt ruhig sein und stillhalten, oder es muß warm sein. Oder es muß gut riechen und eßbar sein. Oder es muß nicht unbedingt riechen, aber sich vor mir hin- und herbewegen, sei es, daß es fliehen möchte, sei es, daß es wie absichtslos vor mir herwirbelt. Das mag ich auch, aber so sehr, daß ich es fangen, zerbeißen und wegfressen will. Dabei empfinde ich sehr großen Haß – sagen Sie nicht, daß das nicht zusammengeht – oder auch nur eckstreme Gier. Sie müssen sich nun selbst aussuchen, in welche Gruppe die Großen fallen, oder die Frau. Denn ich mag sie doch sehr, nur halt nicht immer.

Sie wollten irgendwann nämlich schon wieder verreisen. Wie unnütz und lästig!

Die Zeichen erschienen, und wir verstanden sie natürlich genau: es ging in die Höhere Wohnung, nur diesmal ohne die riesigen Schuhe, die waren aber möglicherweise dortgeblieben. Wieder war es kalt, sehr kalt, die Fahrt war lang, die Pässe wurden vorgezeigt, die letzte Bahn jaulte bergansteigend ihr eigenartiges Lied, und dann waren wir wieder bei den plustrigen Betten – und den Mäusen. Unverdrossen und verwegen tanzten und tobten sie auf dem Balkon herum, klappten ihre Schwänze hoch, saßen da und ärgerten uns, bis ich innerlich schon fast glühte und brannte vor sengendem Haß. Aber leider kamen wir dieses Mal überhaupt nicht an sie heran. Ich konnte mich nur daran weiden, daß sie manchmal nichts zu fressen vorfanden und dann etwas gedrückter zu sein schienen. Schließlich hob ich, um meine Gefühle zu schonen, nicht einmal den Kopf mehr, wenn ich, im Zimmer auf dem Stuhl vor der Glastür liegend, die kleinen Kratzgeräusche hörte, die ihre Ankunft ankündigten.

Etwas schien jedoch anders als sonst zu sein, aber ich kam lange nicht drauf. Die Großen verhielten sich wie immer, gingen fort in den riesigen Schuhen, kamen wieder mit den weißen Batzen dran, setzten sich vor den Kasten mit den flackernden Bildern und der Musik. Nachts lagen wir alle ordnungsgemäß zusammen in den Betten. Plötzlich kam ich drauf, nach der Frau, sie war wohl die erste, daß mein Bruder, Ramirez B., nicht mehr richtig essen wollte, erst nur noch wenig, dann gar nichts mehr. Er saß vor seinem Teller mit Körnern und dem Weichen, schaute hin und ging wieder weg. Er setzte sich ins oder unters Bett und stierte nur so vor sich hin. Ich gab ihm einen Tatzenhieb, einen kleinen Stupser nur, selbstverständlich, aber er drehte sich weg und ging dann noch weiter unter das Bett. Wenn morgens oder abends das Essen hingestellt wurde, kam er sehr zögernd und hockte sich in einiger Entfernung davon nieder. Ich hörte, wie sich die Großen besprachen und sich zu ihm hinknieten, um ihn besser betrachten zu können. Dabei wirkten sie recht kummervoll. Sie lockten ihn auch mit allerlei Lekkereien und mit warmer Milch und hielten ihm direkt das Schälchen unter die Nase, damit er eintauche und sie schmecke, doch er wollte sie nicht. Etwas war mit ihm, denn sonst wäre er vor Verlangen ja sogar hineingefallen und hätte mir alles weggeschleckt. Nur diesmal bekam ich alles, denn die Unseren kümmerten sich nur um ihn und vergaßen darüber die Milch. Aaaah, das schmeckte! Allerdings muß ich gestehen, daß es meinem Bauch nicht so bekam, und ich dann sehr rasch das Toilettenkistchen aufsuchen mußte.

Ich hörte, wie die Frau besorgt und fast ängstlich sagte: »Der Ramirez ist krank, wir müssen zum Arzt mit ihm«, der Mann aber nicht so recht einverstanden war. Besser wurde es mit Ramirez jedoch nicht. Die Großen waren beide bedrückt, das merkte ich, und schauten auch mich sorgenvoll an. Ich war jedoch nicht krank. Ich nicht! Aber mir gefiel es nicht, wie der Bruder so matt herumsaß, und einmal, als wir beisammen waren in den Betten, wo es so schön hätte sein können, stand er mitten in der Nacht auf und ging einfach weg, ohne Grund. Als ich ihm folgte, sah ich, daß er an der Balkontür mit gesenktem Kopfe dasaß. Er wollte dort gar nichts, es war nur einfach nicht weitergegangen. Nach einigem Zögern setzte ich mich etwas entfernt von ihm nieder und bewachte ihn voll Bangsamkeit.

So entdeckte uns auch der Mann, als er am Morgen aufstand.

Beim Frühstück, wieder hatte mein Bruder nichts gegessen, spürte ich die Entschlossenheit der Großen, und es geschah auch etwas. Der Reisekorb erschien, wir kamen hinein (R. ganz ohne Widerstand, ich mit ein bißchen), wir fuhren zuerst in unserem Haus hinunter, dann mit einem Auto und kamen endlich an ein Haus, in dem sich, wie ich verstand, ein Arzt aufhalten sollte, ein Gastarzt, oder so ähnlich. Er kam wohl nur manchmal zu uns herauf »in die Berge«, so nannte es die Frau, und dann wohnte er in einer Art Hilfs- oder Ersatzraum. Es sah jedenfalls anders aus als beim Heimatarzt. Ich hoffte nur, daß es nicht so ein Arzt sein würde wie jener, dem ich so folgenreich – oder heißt es folgenlos? – einen Hieb versetzt hatte. Es roch bei ihm sehr interessant, aber wir waren bald nicht mehr alleine, und allerlei andere Wesen kamen und ärgerten mich durch ihre Anwesenheit. Es saßen dann einige große Wesen herum, dick gekleidet wie die Unseren, die andere Tiere mit sich gebracht hatten. Manche roch ich nur, waren sie doch in größeren oder kleineren Kästen versteckt, andere wieder konnte ich sehen, zum Beispiel zwei zottelige Tiere, die an einer Schnur festgehalten wurden und sich durch Herumspringen und Lärmen sehr unwürdig aufführten. Gut, daß sie nicht frei waren.

Die Frau sprach zu uns und sagte zu Ramirez: »Jetzt kommt er gleich, der Doktor Perl, der hilft dir«, aber es klang sehr verzagt und als ob sie es selbst nicht glaubte – und ich glaubte es auch kaum. Der Ramirez saß nur noch mit offenem Mund da und sah müde und traurig drein. Seine Nase war ganz zugeklebt, und er bewegte sich von alleine nicht mehr. Mir gefiel das alles gar nicht, und ich wollte meinen bisherigen Bruder wiederhaben, wie er sonst war. Und wie er mich jagte und mir immer alles wegfraß.

Dieser Doktor Perl, unter dem ich mir etwas ganz anderes vorgestellt hatte, war trotzdem ein Arzt, wenn auch kein weißer. Er nahm meinen Bruder ohne Umstände aus dem Korb, hob ihn auf den Tisch und sah ihn sich an. Er besprach sich mit dem Mann und der Frau und nahm von irgendwoher dann eine kurze dünne Stange, aus der eine noch dünnere hervorsah. Er setzte die Stange auf den Leib von Ramirez und drückte auf die ganz dünne Stange, bis sie in der größeren fast verschwunden war. Das machte er zweimal. Ich verfolgte alles vom hinteren Ende des Korbs aus, auf einem anderen Tisch. Dem R. machte es nichts aus, und er rührte sich nicht. Dann holte der Doktor Perl tatsächlich mich heraus. Ich sah eine neue Stange in seiner Hand, die drückte er mir auf den Rücken. Es pikte. Das war alles, und ich fügte mich, weil mir dieser D. Perl gefiel, obwohl mich sein Anblick erst verwirrt hatte, da ich irgendwie auf etwas Rundes, Kugeliges eingestellt war, das auf dem Boden herumrollt. Wie dumm von mir.

So ging es wieder heim. Ich war froh drum, denn die zwei häßlich hassenswerten Zottelwesen gaben keine Ruhe mehr, und ihr Lärm donnerte und knallte schon in meinen Ohren. Waren sie auch krank? Oder immer so? Wer weiß.

Daheim legten wir Ramirez auf ein Bett und warteten ab, ich weiß nicht wie lange. Monatelang? Minutenlang? Auf einmal bewegte er sich und ging ins Bad zu den Toilettenkisten und erledigte ein Geschäft. Ich hörte ihn sogar scharren. Anschließend zog er sich unter das Bett zurück. Ein Weilchen später fand ich ihn wieder obendrauf, eiförmig eingerollt und schlafend. Das schien mir ein gutes Zeichen, und so legte ich mich dazu. Als die

Frau kam, drehte sie sich so, daß sie den R. nicht störte und sprach dann noch mit mir, kraulte mich und sagte mir, wie gut ich sei, wie brav und fein. Da war ich sehr stolz.

An einem Morgen ging alles schon viel besser. R. trank etwas warmes Wasser, und irgendwann aß er auch wieder und fraß mir bei der ersten Gelegenheit Körnchen weg, die er mit einem Pfotenstreich von meinem Teller gehaut hatte. Da war er wieder, der alte Bruder, der sogenannte Bomber, auch er ein Edler von Bär. Glückauf! Salut! Hurra! (Wie schlecht ich mich ausdrücke.)

Ich schaute mir den R. aufmerksam an und forschte in seinem Gesicht, um zu sehen, ob vielleicht noch Zeichen von Krankheit drin wären. Waren aber nicht. Im Gegenteil, er gefiel mir sogar besser als zuvor. Wie nett sind seine kleinen Wimpern am oberen Augenrand, oder wie niedlich ist seine sehr sorgfältig geformte jadefarbene Nase. (Ich bin mir diesmal sicher, daß es die richtige Farbe ist. Die Frau hat nämlich eine Kette aus solchen Jadeperlen, und die hat genau denselben Farbton.) Auch sein glänzender Pelz ist eine Freude für den Betrachter: ein feines Haar neben dem anderen, alle schön ordentlich und eng an seinen Leib geschmiegt. Wie bei mir.

Was mich aber seitdem bewegt, ist etwas anderes. Ich frage mich, was geschehen wäre, wenn der Bruder einfach überhaupt nicht mehr gegessen hätte und der Doktor Perle oder Perl ihn mit den Stangen gepikt, es aber nichts genutzt hätte? Was wäre dann gewesen? Wenn mein Bruder sich gar nicht mehr gerührt hätte, nichts gegessen und nur noch so müde geschaut und immer müder? Und eingeschlafen wäre. Und dann? Mich fröstelt ein wenig noch jetzt, wo ich auf einer schönen warmen Fensterbank liege. Mich fröstelt und mir ist unheimlich zumute. Ich merkte etwas Ähnliches schon, als er so unbeweglich vor der Balkontür saß in der Nacht. Etwas Dunkles und Unbekanntes strömte da von ihm aus, durch den grauen Pelz hindurch, der aber gar nicht mehr glatt war und schön, sondern stumpf und fast struppig.

Ich finde hier keine Antwort, wo ich doch sonst so klug bin.

Der Mann und die Frau waren sehr froh, daß R. wieder gesund wurde und lebhaft, und sie öffneten eine Flasche mit hellem Inhalt, der in den Gläsern, in die sie ihn schütteten, sehr angenehm aussah, aber abstoßend roch (typisch für die Unseren). Sie tranken das Zeug, auch dort in der Höheren Wohnung kurz auf dem Balkon stehend, in der Nacht und lachten dabei.

Nun gab es wieder Musik aus dem bunten Kasten. »Euch zu Ehren!« wie der Mann zu mir sagte. Ich verstand zunächst nichts, nur daß wieder Putschini oder Putschi und Fantschulla dran waren und wir auf »Ramirez« und »Minnie« hingewiesen wurden, die unerklärlicherweise im Kasten sangen. Später einmal, als Besuch kam – keine Wohnung ist frei davon, keine einzige! – und der Besuch in den Kasten sehen wollte, nämlich schon wieder Putschi und F., da erklärte der Mann alles. Ich war zwar gerade durch ein kleines Ding abgelenkt, das ich vor längerem schon in einer Ecke gefunden hatte, schubste es hin und her und lief ihm nach, aber verstan-

den habe ich seine Worte doch. Das war gut so, denn es ging um nichts Geringeres als das Geheimnis unserer schönen Namen.

Putschi war einer, der dachte sich Musik aus und eine Geschichte, die dazu paßte, oder umgekehrt. Wie er das gemacht hat und wie er aussah, das kann ich mir nicht vorstellen. In seiner Geschichte gab es ein Wesen, das hieß Rammerez oder Ramerrez, das war böse und wild, aber auch irgendwie gut, und eines, das hieß Minnie und war durch und durch gut. Das eine Wesen mochte das andere, nur noch wieder andere wollten dem Rammerez übel und ihn ganz blutig machen und stechen und ihn in ein »Jenseits« befördern, was immer das heißt. Jedenfalls war es sehr schlimm, dorthin zu kommen. Kurz aber bevor es soweit war, erschien die Minnie und sagte den anderen, sie wolle sich um R. kümmern und wenn sie auf ihn aufpassen täte, dann würde alles wieder gut. So geschah es. Und zum Schluß singen beide sehr froh und gehen zusammen fort. Das heißt, alles wird gesungen, nicht nur der Schluß, begleitet von anderer Musik.

Daß es dauernd die Minnie hieß, verwirrte mich nur anfangs. Es ist doch schließlich ganz gleich. Ich habe noch nie einen richtigen Unterschied zwischen »die« und »der« gefunden.

Diese Erzählung gefiel mir ausgezeichnet. Sehen Sie, wie alles zu uns paßt? Wo uns der Putschi doch gar nicht kennt? Rammerez, das ist mein Bruder, böse, wild, aber auch irgendwie gut. Minnie, das bin ich, durch und durch gut. Beide mögen sich: stimmt irgendwie. Auch ist doch offensichtlich, wie ich mich um meinen R. kümmerte, als er vielleicht in ein »Jenseits« befördert werden sollte, wo es ganz schlimm ist. Und: jetzt ist alles wieder gut. Nicht verstand ich, warum es dauernd um Rammerez ging oder, noch schnarrender und scheppernder, um Ramerrez. Aber die Frau erklärte auch das, weil es die Besuchswesen ebenfalls wissen wollten. Sie sagte, Katzen hätten gerne Namen mit einem i drin, das würden sie besser hören, und darum habe sie den Putschi-Namen verändert. Es stimmt, das mit dem i, nur das mit den Katzen nicht, wie Sie wissen. Aber mir war auch das in unserem Zusammenhang ganz gleichgültig. Ich war zu beeindruckt von der hohen Abkunft unserer Namen.

Wer hätte das gedacht? Es gibt eine lange, endlos lange Musik, die klingt fast angenehm und quietscht nur wenig, die kommt immer wieder aus dem Kasten, begleitet von bunten Vorgängen, und die hat sich Putschi für uns und über uns ausgedacht. Unglaublich. Und die Großen, unsere beiden, und offenbar nicht nur sie, verehren sie! Was für eine Verpflichtung für uns. Einmal unsere edle Abkunft und dann diese hohe Musik dazu!

Jetzt ist es beglaubigt.

Kann es etwas Edleres geben als mich, Minnie-Miez, Edler von Bär? Ich spüre förmlich, wie sich bei diesem Gedanken meine gepflegten langen Schnurrhaare strecken und goldene Funken sprühen. Wohlgefällig blicke ich auf den starken Bruder, der doch von meiner Huld abhängig ist. Was sind wir für ein Paar!

Nur das mit dem Fantschulla war nicht herauszubringen. Vielleicht der Bruder von Putschi?

Nun ging unser gutes Leben weiter und besser als je zuvor. Mann und Frau widmeten sich uns häufiger und spielten mit uns, indem sie kleine Bälle warfen, hinter denen wir herrennen konnten. Wenn ich von R. dabei ausgetrickst wurde, versuchte ich, meine weiße Schwanzspitze, diese Krönung meines Körpers, zu fangen und zu haschen. Ich drehte mich immer schneller um mich selbst, aber die Spitze packte ich nicht. Dafür schwindelte mir. R. warf, ja schmiß sich währenddessen seitlich zu Boden, um die Bälle zu krallen und mit den Vorderpfoten festzuhalten, und es gelang ihm meist.

Bei so einem Spiel kam ich auch wieder in die Ecke, in der ich das kleine Ding gefunden hatte, das ich hin- und herschubsen konnte. Es war noch da, und als ich es hervorholte, war die Frau ganz begeistert. Sie nannte es »Ohrring« und sagte, der fehle ihr schon lange. »Ja, du bist ein guter Helfer im Haushalt«, sagte sie zu mir. Und streichelte mich noch extra.

Der Mann, der so seltsame Ideen hat, fragte in einer stillen Minute auf einmal die Frau: »Ob sie sich an das Würschtelspringen erinnern?« Die Frau glaubte es nicht, es sei weit mehr als »ein dreiviertel(?) Jahr« vergangen. Ich hatte aber schon geistesgegenwärtig meine Ohren gespitzt und aufgestellt, auf dem Tischturm sitzend, während Mann und Frau sich daneben stehend unterhielten. »Schau, wie er die Ohren spitzt – Würschtelspringen!« rief der Mann. Sofort sprang ich herunter, hinein ins Bad und auf den Stuhl. Die Großen staunten. Beim nächsten »Würschtelspringen« kam R. aus dem Schlafzimmer dahergerannt und nahm seinen Platz in der Wanne ein. Der

Mann konnte gar nicht so schnell nachkommen, mußte er doch erst zum weißen Schrank gehen, das Würschtel herausholen und auf die breite Stange legen. Kaum war es oben, war ich es auch, ganz glatt ging der Sprung. Gnädig gestimmt sah ich zu, wie R. sein unverdientes Würschtel in der Wanne bekam, blieb aber doch länger oben als nötig, um eine gewisse Verachtung für ihn auszudrücken. Die Frau konnte es gar nicht fassen, wie gut wir uns erinnerten und auch gleich die richtigen Plätze einnahmen. Ja, man unterschätze uns nicht.

Zur Belohnung, so verstand ich es, sollten wir jetzt endlich auch den »Schnee« kennenlernen. Was war das nun wieder und was für eine Idee? Mir gefällt nicht alles, was sich der Mann so ausdenkt, und so mancher Kratzer, den ich ihm zufügte, hätte ihm das schon längst sagen können, aber nein, immer hat er wieder einen komplett unnötigen Einfall. Manchmal bindet er uns so kleine Tücher in unterschiedlichen Farben um den Hals und sagt dann zur Frau: »Zur Feier des Tages!« Das ist doch nun wirklich Krampf und Blödsinn, soll aber »süß« aussehen, wie es mal hieß.

Mir doch gleich.

Jetzt also der Schnee. Er war offenbar nur über den Reisekorb zu erreichen, der nach dem Frühstück unvermittelt erschien, hineinging's, aus der Wohnung hinaus und im Haus hinunter. Dann waren wir draußen, wo es erst sehr kalt war, sehr hell, aber dann in der Sonne etwas wärmer. Der Korb wurde abgestellt und die Tür geöffnet. Ängstlich, ich gebe es zu, aber auch neugierig schnuffelte ich herum. Das war also der Schnee, das Weiße, Funkelnde. Interessant, doch, ja. Er sah aus, wie aus lauter winzigen Teilen pludrig locker zusammengesetzt, und als ich den Kopf bewegte, schienen einzelne Teilchen die Farbe und die Leuchtkraft zu verändern. Ich erkannte im Weißen blaue (rote?) Fünkchen, gelbe, und einige blinkten gar grün. Sie funkelten mir eine Botschaft zu, die ich aber leider nicht verstand. Noch seltsamer war es, daß aus der weißen Fläche einige Teilchen sich hervorreckten und aufrecht standen. Sie sahen aus wie jene, die manchmal aus Kissen und flockig aufgeblähten Betten hervorkommen und die ich herausziehen kann. »Federchen« heißen sie, jetzt fällt es mir ein. Sie standen ganz unbeweglich im Weißen und waren selber weiß.

Ich staunte sie an und wagte den ersten Schritt. Aber, achduschreck: da sank man gleich ein, wie in eine Bettdecke, aber so kalt! Unverzagt versuchte ich zunächst weiterzukommen und sank doch mit jedem Schritt mehr ein. R. ging es genauso, er hielt sich aber nur in der Nähe des Korbs auf, maunzte bereits und sah sich nach den Unseren um. Ich muß sagen, Schnee sieht schöner aus, als er dann ist. Er umfängt einen weich, aber warum ist er dann so ungastlich kalt? Das mag ich nicht, nein, Schnee nicht, den sollen andere mögen. Im Nu waren wir beide wieder am Korb, R. ging gleich hinein, ich zögerte noch, aber auch der Schneegeruch versprach so gar nichts. Also ließ ich mich von der Frau in den Korb schubsen, nach kurzem Zieren, und das Abenteuer, wenn es denn überhaupt eines war, war nun auch zu Ende.

Nur mein Wissensschatz, mein wertvollstes Gut, der hat sich etwas vergrößert. Ich weiß jetzt die weißen Bröckchen zu deuten, die an den Schuhen der Unseren sitzen, wenn sie von draußen kommen. Sie sind auch Schnee. Der Schnee mag aber wohl das Warme nicht und läuft darum immer gleich weg.

Der Schnee ist in meiner Erinnerung immer mit dem sogenannten Hund verbunden, dem Hund Harry. Hund ist der Name für seine Tierart, Harry ist sein richtiger Name. Wir waren kaum von unserem kleinen Ausflug zurück und schleckten uns das Schneewasser aus den Pfoten, da klingelte es. Erschrocken und entschlossen sprangen R. und ich auf den Fensterturm zum weichen Nicht-Tier, das sich immer dort aufhält. Ich stellte mich dahinter und schaute in der Gewißheit, daß mir nichts passieren könne, auf die Wohnungstür. Sie ging auf und hereinsprang und -lief ein über und über bezotteltes Wesen, größer als wir, aber viel kleiner als die Frau, in etwa ähnlich den lästigen Lärmern im Zimmer von Doktor Perl. Dieses hier machte gar keinen Lärm. Es schien sehr freudig zu sein, tänzelte um unsere Großen herum, ließ sich von ihnen anfassen und kraulen und tat sehr zutraulich. Sein Begleitwesen, unserer Frau ähnlich wiederum, brauchte es nicht an einer Schnur zu führen, weil es so freundlich war, glaube ich, oder sie es dafür hielt. Es schnüffelte dann in unserer Wohnung herum und schien sogleich etwas von unserer Anwesenheit zu wittern. R.

bewegte sich an den Rand des Turmes und äugte hinunter. »Schaut, Mizzis, da ist ein Hund, der Hund Harry, den kennt ihr noch nicht«, hieß es. Vorsichtig beugte auch ich mich hinunter. Der Hund sah den Ramirez. Er lief zum Turm und versuchte, indes er sich auf die Hinterbeine stellte, mit den Vorderpfoten hinaufzureichen. Seine plump behaarten, befremdlich riechenden Pfoten kamen aber nicht bis zu uns herauf.

Hund Harry und Ramirez, der Starke, schauten sich an. Harry begann zu fiepen und tat sehr begierig und wollte unbedingt den Bruder berühren. Er schien für R. entflammt zu sein – mich hatte er vielleicht noch nicht gesehen. R. allerdings, das merkte ich gleich, empfand für ihn, Harry, nichts, jedenfalls nichts Vergleichbares, und guckte nur zu ihm hinunter, wobei seine Nasenflügel, die jadefarbenen, sich leicht bewegten und den Geruch des Hundes sorgfältig aufnahmen. So ging es eine Weile und der Hund Harry wurde ganz ungeduldig, fast schon ungebärdig und gab den einen oder anderen lauten Ton von sich. Da sagte sein Begleitwesen und sprach mir aus dem Herzen: »Komm, Harry, du machst uns nervös, geh auf den Balkon.« Sie schob ihn hinaus und gab ihm dort etwas, auf dem er herumbeißen und -nagen konnte. Er lag in einem Sonnenfleck bei unserem Korb, den er aber nur kurz prüfte, so stark war die Anziehungskraft dessen, was er benagte. An uns dachte er wohl schon gar nicht mehr. Ich sah alles vom Fensterturm aus, auch, wie er nach einer Weile zum Schlafen den Kopf auf die Vorderpfoten legte, ein friedliches, mir aber dennoch nicht geheures Wesen und Tier.

Sein Geruch hielt sich leider noch eine Weile bei uns, aber meine Ablehnung wäre nur dann zu Haß, zu richtiggehendem Maushaß geworden, hätten sich ihm auf dem Balkon auch noch die hassenswerten Mäuse gezeigt und er hätte sich eine krallen können. Nicht auszudenken! Es waren meine! Meine Mäuse! Auch ihr Anblick gehörte mir. Aber wiederzukommen brauchte Harry, der Hund, auch nicht.

Konnte er auch nicht, denn auf einmal erschien der Reisekorb im Zimmer, und es ging wieder fort.

Diese Rückreise in die Heimatwohnung wurde recht beschwerlich. Wir bewältigten sie gerade noch, mit vorbildlicher Geduld, so wurde uns mehrfach und auch danach bestätigt. Und von allen Seiten dazu gratuliert.

Zunächst ging alles gut, aber ich hatte den Eindruck, wir müßten viel länger als sonst auf einem Bahnhof warten, auf dem wir von einer Bahn in die andere wechselten. Wir wurden aber in einen ruhigen Raum gebracht, in dem schon andere Wesen saßen und wo es nicht so kalt war und unfreundlich wie draußen. Mehrere große Wesen versuchten wieder, uns anzusprechen und uns schönzutun. Geschenkt, diesmal! Mit dem Bruder zusammen war es mir zu eng, die Dizziplin, die verlangt war, wenn wir so in einem Käfig hocken, die wollte ich auf einmal auch nicht mehr so recht aufbringen.

Als es endlich weitergehen sollte, hob der Mann unseren Korb am Griff hoch. Es gab ein splitterndes Geräusch, der Boden, auf dem wir mit unserem Polster saßen, brach heraus, und der Mann hielt nur den hohen gewölbten Teil in der Hand. Wir standen frei auf einer Bank, unbeschützt, und hätten überall hinspringen können – oder weglaufen, wenn auch nicht weit in dem Wartezimmer. Die Frau schrie auf und stürzte sich auf uns, um uns festzuhalten. Ich war vor Schreck so starr, daß mir die Idee zur Flucht gar nicht gekommen war. Der Mann wurde ärgerlich, weil die Frau sich so aufregte und nicht mehr wußte, wie es weitergehen sollte. (Ich wußte es auch nicht.) Der Mann aber drehte den hoch gewölbten Teil um, stopfte uns von oben hinein, so daß wir noch enger und fast aufeinander saßen, und zwar ohne Polster, das erst wieder in der Heimat auftauchte, und fügte unsere ehemalige Sitzfläche als Abschluß oben drauf. Er legte beide Arme (zwei) um den Korb, und so ging es dahin.

In der Eisenbahn wurde das Ganze wieder umgedreht, und wir saßen wieder flach. Das erlaubte uns aber nun, da der erste Schreck vorbei war, unter dem Deckelteil hervorzukriechen und auszubrechen. Da mußten die Unseren dauernd aufpassen und uns immer wieder unter die Korbhaube drängen. Ich wurde schon recht verdrießlich und ärgerte mich eigentlich über alles, über das Reisen, den Korb, den haltlosen, über Mann und Frau und diese ewige Eisenbahn, über den ganz und gar unnützen Bruder, über alle anderen Wesen, groß oder dumm, und Hunger hatte ich auch. Warum müssen wir das alles mitmachen, warum ausgerechnet wir? Nie sehe ich andere Tiere reisen. Das ist doch nicht in Ordnung, was man da mit uns macht!

Schon mußten wir erneut umsteigen und wurden dazu wieder in den umgedrehten Korb gepackt. Das ging nun zu weit. Ich kann mich noch erinnern, wie ich es bedauerte, daß ich der Frau, meiner guten freundlichen Frau, nicht mit den Krallen ins Gesicht fahren konnte, vom Mann ganz zu schweigen. Ich weiß schon, man kann es Wankelmut nennen, daß ich mal so, mal wieder anders für sie empfinde, aber schämen tu ich mich deswegen nicht.

So standen wir draußen und warteten auf eine neue Bahn. Sie kam aber nicht gleich wie sonst. Was kam, war ein beißender und heulender kalter Wind, der weiße Flocken (Schnee!) herumtrieb und in unseren Korb fuhr, daß wir nur so zitterten. Außerdem war es dunkel, oder fast. Die Frau stellte sich dicht zum Mann mit dem Korb, als wollte sie uns vor dem Wind schützen. Sie froren nun wohl auch beide, zumindest die Frau. In dieser Weise waren wir alle eng beisammen und warteten. Mann und Frau redeten jetzt freundlich miteinander und sprachen auch zu uns, aber ich fühlte, daß selbst sie bald genug hatten. Dabei hörte ich öfter ein bestimmtes Wort, und mir wurde klar, daß dies der Name des Ortes war, an dem wir nun schon so lange im nassen Eiswind standen. Den Namen teile ich Ihnen mit, auf daß Sie den Ort nun meiden können. Dieser Name aber war: »Buchloe«. »Buchloe«! Den Namen »Buchloe« vergesse ich nie, ebensowenig wie seine Bedeutung und die ist: abscheulicher, ja abscheußlicher Ort. Mit dem stillen, friedlichen Buch, das sich die Großen vor die Nase halten, hat es gar nichts zu tun. Wenn ich heute etwas besonders schlimm finde, dann sage ich nicht immer, aber bisweilen zu mir: wie in Buchloe.

Vor lauter »Buchloe« weiß ich über den Rest der Bahnfahrt, die noch ziemlich lange dauerte, nichts mehr, gar nichts mehr außer: Heim kehrten wir zur Stadt in muntren Sprüngen. Das kann aber kaum stimmen. Gleichviel, daheim kam bald darauf etwas Neues in die Wohnung, das heißt, zwei neue Dinge kamen. Es erschienen zwei neue Reisekörbe, die allerdings nicht mehr aus Geflochtenem bestanden, sondern aus glatten Wänden. In jedem liegt ein weiches Kissen, darauf liegen wir mit den Vorderpfoten und mit fast unserem gesamten Leib. Wir können uns nach hinten ganz bequem ausstrecken und vorne, wenn wir wollen, noch die Pfoten durch die Gittertür stecken. R. hat seinen Korb, ich habe meinen. Niemals reisen wir in dem des anderen und niemals mehr so zusammengepreßt, daß wir uns hassen müssen.

Wenn Sie mich nun fragen sollten, was ich davon halte, von diesem Reisen im eigenen Korb, getrennt vom Bruder, so würde ich sagen: Gut finde ich es, sehr gut. Diese neue Art zu reisen, würde ich sagen und noch einen Schritt weitergehen, diese Art ist recht eigentlich das Gegenteil von »Buchloe«, Sie verstehen.

So war auch die Bekanntschaft mit jenem Ort kein Fehler, gab sie mir doch die Möglichkeit, eine Sache oder ein Erlebnis neuartig zu benennen, und das ist mir Faselhans nur recht.

Eigenlob und Klärung aller Fragen

Wissen Sie, wo es am schönsten überhaupt ist für uns? Hier, in der ersten und Heimatwohnung, allen tollen Aufregungen in der Höheren Wohnung und in der Treppenwohnung zum Trotz. (Ich erinnere in diesem Zusammenhang an die Mauserlebnisse und meinen nächtlichen Ausflug.) Diese erste Wohnung ist uns am liebsten, ganz gleich, ob es draußen kalt oder schön sonnig warm ist. Ich glaube, der Frau geht es ebenso. Warum das so ist, weiß ich jedoch nicht genau.

Nicht selten, wenn wir aus der Höheren Wohnung zurückkommen, ist es hier viel wärmer oder es wird bald viel wärmer. Dann leben wir auf dem Balkon. Ich kann mir jetzt schon fast alles erklären, was ich von dort aus sehe; beispielsweise erkenne ich jetzt einen Hund, bevor er auftaucht. Ich weiß, dieser Krach geht von einem Hund aus, von einem dieser Wichtigtuer, und prompt erscheint er unten am Wasser, manchmal an einer Schnur gehalten, manchmal frei laufend. Ein Hund verjagt alle Anten durch seinen bloßen Auftritt. Sie machen dann einen schrecklichen Lärm mit den Flügeln, wenn sie wegfliegen. Das stört den Hund überhaupt nicht, er ist nicht so feinfühlig wie wir. Häufig will er nur ins Wasser gehen, planscht dann sinnlos darin herum, kommt ganz naß ans Ufer zurück und schüttelt sich das Wasser wieder aus. Brrrr. Wie kann er nur so was machen! Wie daneben muß eins sein, um das zu mögen? Ganz naß! Ekelhaft. Manche Hunde gehen gleich mehrmals hinein und holen irgendwas heraus, das große Wesen ihnen dauernd hineinschmeißen. Kaum haben sie das Ding ans Ufer gebracht, ist es schon wieder drin, und der Hund springt hinterher. Dumm eben, und willenlos.

Bisweilen machen wir alle einen Ausflug, wenn es draußen warm ist. Ich halte das für überflüssig, wie Sie nun fast schon allzugut wissen, muß aber zugeben, daß es meine Lebenskenntnis bedeutend erweitert. Natürlich erscheinen dann die Reisekörbe unvermutet und ohne vorheriges Signal. Unser erster oder zweiter Ausflug führte auf eine riesige grüne bis grünrote Fläche mit Halmen drauf (»Gras«) und kleinen Blumen. Die Großen setzten sich großmächtig auf eine Decke, und dann durften wir auch aus dem Korb heraus ins Freie. Die Frau schien aber sehr ängstlich zu sein und paßte auf, daß wir nicht so weit liefen, wie wir eigentlich wollten. Sie hielt uns in der Nähe, und wir knabberten am Gras und kletterten auf den Unseren herum. Vielleicht war das noch oder schon in der Zeit, als wir schon oder vielmehr noch klein waren, oder kleiner oder so.

Dann kamen die Versuche mit der Schnur und den Hals- und Bauchbändern. Das war ein Krampf! Wir sollten diese Bänder unbedingt anziehen, aber wir verstanden nicht und nicht, warum. Warum soll ich in der Wohnung ein Halsband anziehen, an dem auch noch ein Bauchband befestigt ist und eine Schnur, um uns festzuhalten und zu fesseln? Das ist doch unwürdig. Das ist doch nichts für Bären wie mich! Für Hunde ja, von mir aus. Aber diese Fesseln machen doch noch weniger Sinn als die farbigen Tücher, die wir tragen müssen, »zur Feier des Tages«. Entsprechend wehrten wir uns. Ramirez wandte sich und sprang wild herum, als die Großen ihm das Bänderzeug anlegen wollten. Er wurde dann – zu Recht – so zornig, daß er dem Mann eine langte, aber eine kräftige! Ich hatte mich schon gefügt und sah es daher recht gerne. Der Mann nahm es kaum übel. Der ist vielleicht ein Schwächling!

Wie es weiterging, weiß ich nicht mehr, aber irgendwie waren wir nach einer Weile mit dem Bänderfesselkrampf in den Körben, und die waren im Auto. Nach einer oder zwei Minuten oder Tagen durften wir wieder heraus und befanden uns – siehe da! – im Grünen. Wie das duftete! Sie können sich das gar nicht vorstellen. Erst hockte ich nur da und schnuffelte im warmen hellen Schein in der Sonne. Dann wagte ich mich voran und biß und beißelte am Gras. Mann und Frau waren in der Nähe und nahmen uns nach allerlei Gerede untereinander wenigstens die Schnüre ab. Der Mann versprach, uns »im Auge zu behalten« (?), nahm ein Buch vor die Nase und – vergaß uns vollkommen. Nun, warum auch nicht. Ich bemerkte es nur. Die Frau entfernte sich etwas und beschäftigte sich mit einer Art sehr großen Teekanne. Damit ging sie herum und goß rätselhafterweise farblosen Tee – nein: Wasser! – auf Blumen.

Ich bewegte mich mit Vorsicht fort. Es war wunderbar. Es flogen flimmernde und brummende kleine und Kleinstwesen vorbei, die ich aber nicht erwischen wollte

(Sie wissen, warum). Ich staunte, was es alles für Wesen gab. Selbst wenn es niedrige und minderwertige Charaktere waren, so schienen sie doch alle zu wissen, wohin ihr Weg ging. Sie setzten sich auch nieder, auf Blumen und Blätter, und ruhten sich aus, aber ich versuchte nicht, sie näher kennenzulernen. Werweiß, wie die schmecken.

Als ich an einen Baum kam, im Rücken des Mannes, sprang ich hinein und kletterte höher. Aaah! Freiheit! Wie konnte ich dann auf dem Baumteil so bequem lagern. Um mich herum sirrte, sang und pfiffelte es, weiß nicht, wer es tat, es war aber schön. Vielleicht zilpelte es ja auch nur. Ein sehr kleiner weicher Wind fächelte mir viele und zwei Düfte in die Nase. Aaaah, welch ein Glück. Unten sah ich den Bruder im Gras seiner Wege gehen, erst am Mann, dann an meinem Baum vorbei, zielstrebig und ein wenig geduckt – er wußte, was er tat. Er überquerte eine große grünbunte Fläche, immer schneller, und bewegte sich auf eine Art Wand zu. Da schrie die Frau, »Mizzi, bleibst du hier!«, schmiß die Teekanne hin, die gleich all ihr Wasser verlor, und rannte rasend schnell, so schnell, wie ich es bei ihr noch nie gesehen hatte, dahin, wo R. gerade stehengeblieben war, stürzte sich auf ihn und hielt ihn an den Bauchbändern fest. Er war sehr verdutzt, sie aber furchtbar aufgeregt. »Du hast nicht aufgepaßt!« schrie sie zum Mann hinüber: »Der Ramirez wollte über den Zaun springen!« Der Mann seinerseits guckte kurz verärgert, dann aber ein wenig belämmert zu ihr hin und sah alles sofort ein. Er nahm R. dann an die Schnur und ging mit ihm herum. R. durfte ihn überallhin ziehen.

Derweil stieg ich vom Baum herunter und tat, als wäre

ich immer in der Nähe geblieben. So mußte ich nicht an die Schnur. Auf einmal kam ein kleines buntes Wesen geflogen. Es taumelte ein bißchen im Flug, machte jedoch nicht das geringste Geräusch. Ich folgte ihm und ließ mich hierhin und dorthin locken. Der Taumler setzte sich in eine Blume hinein und verharrte dort bewegungslos. Er hatte zwei gemusterte Flügel, die er nun zuklappte, so daß sie wie einer aussahen, der nach oben zeigte. Während ich nun doch sehr interessiert wurde, hob er ab und schwankte fort.

Krank, glaube ich, war er nicht. Es war dies seine flatternde Art. Er gefiel mir mehr, als ich mir eingestand, und ich habe den Verdacht, daß ich ihn gar nicht fressen wollte. Er sah so harmlos aus und schön, wie er in der Luft tänzelte, und ich hätte mich gerne mit ihm – befreundet. Befreundet? Geht das überhaupt? Wenn es das Wort gibt, muß es doch auch die Sache geben. Aber was hieße das? Er hätte sich vielleicht mit zarten Füßen auf meine Schwanzspitze setzen können oder auf meinen Kopf, das wäre doch nett gewesen. Mir hätte es gefallen. Er flog aber hoch, über den »Zaun«, und verschwand. Zu meiner Überraschung kamen dann noch weitere, genauso schön, harmlos und taumelig. Ja, wie viele denn noch? War der erste gar nichts Besonderes und einziges, so wie ich und der R. und die Frau und der Mann es waren? Da kam ich stark ins Sinnen.

Diesen Ausflug machten wir zweimal und noch viel mehr. Immer war es warm, und wir streckten uns in der Sonne aus, jetzt meist besser vom Mann bewacht als beim ersten Mal. Nicht immer mußten wir vorher die Hals- und Bauchfesseln anziehen. (O der Willkür der Großen und ihrer Undurchschaubarkeit!) Die harmlosen Flatterer waren auch immer da. Meinen ersten Freund, so nenne ich ihn prowiesorisch, konnte ich nicht mehr ausmachen, so viele sahen aus wie er. Seltsam.

Ich sehe nicht aus wie Ramirez, bestimmt nicht, ich sehe nicht aus wie der Mann, ich sehe nicht aus wie die Frau. Sie sehen wieder nicht aus wie wir. Oder wie der Hund. Warum nicht? Oder wie die Anten. Anten gibt es allzu viele. Die einen sind mehr braun gemustert, die anderen etwas farbiger. (Mit den Farben habe ich ja so, oder vielmehr gar keine Probleme.) Wenn zwei dicht zusammensitzen oder miteinander zu und auf dem Wasser fahren, ist eins braun und das andere farbig. Das farbige ist oben auf dem Kopf grünlich. Grünrot! Ich bitte Sie! Aber egal. Ganz gleiche sind nie zu zweit beisammen. Mit unterschiedlichen ist es vermutlich schöner, friedlicher und aufregender, schlimmer und besser. Ach was. Warum soll ich das auch noch rechtfertigen und erklären. Bei uns ist es einfach so. Wir sind unterschiedlich, aber immer zusammen, zwei und noch mal zwei; macht zwei, immer zwei.

Und wir arbeiten zusammen! Kaum waren wir in der Heimatwohnung, irgendwann, da rief der Mann: »Würschtelspringen!«, holte einen Stuhl und stellte ihn mit einem Knall vor den Schrank im Flur. »Würschtelspringen!« Schon kamen wir angerannt. »Siehst du«, sagte er zur Frau. Ja freilich, wir hatten es nicht vergessen. Kaum war das Würschtel oben, sprangen R. und ich auf den Stuhl. Wir sammelten beide unsere Kräfte und – Ramirez sprang. Da schauten die Großen! »Ja, Ramirez!« riefen sie, »du kannst es ja auch!« Ich bekam mein Würschtel auf dem Stuhl sitzend, und alle waren zufrieden. Der Mann wollte aber irgendwas nicht glauben, wie ich etwas später merkte. Als es wieder einmal den bekannten Lockruf gab, schloß er den R. weg ins Wohnzimmer, stellte mir den Stuhl hin und legte das Würschtel gut sichtbar auf den Schrank. Ich wußte nicht, was ich tun sollte. Das war doch die Aufgabe von R.! Wußten sie das nicht? Warum ließen sie ihn nicht her? Ich durfte hier doch das Würschtel nicht holen. Ich schaute überallhin, sprang vom Stuhl herunter, lief zur Wohnzimmertür, sprang wieder auf den Stuhl zurück, schaute hinauf, schaute hinter mich, schaute auf die Großen. Was sollte ich tun, damit sie mich verstanden? Es dauerte zwei Wochen, dann endlich hatten sie es begriffen. Sie machten die Tür auf, R. schoß heraus, auf den Stuhl, auf den Schrank, und alles paßte.

Er bekam den leckeren Bissen oben, ich unten. Sie hatten es verstanden.

Der Versuch in der Treppenwohnung verlief genauso. Dann endlich stand es fest: in der Höheren Wohnung springe ich, das Höhere Tier, jawohl; in den anderen Wohnungen springt R.

So einfach ist das. So ist es und so soll es bleiben; so ist es ordentlich und fast gut.

Übrigens, eine Frage. Haben Sie schon einmal von einem derart aufregenden und abwechslungsreichen Leben gehört wie dem unseren? Nein, nicht wahr. Unser Leben taumelt von einer Sensazion zur anderen, kaum nur merken wir, daß es ein bißchen fad ist. Diese Reisen! Von hier nach dort, von dort nach da, von da nach hier und dann wieder von hier nach da, von da nach dort und dann von dort nach hier. Nach allem, was ich weiß und so mitbekomme, sind wir die einzigen Reisebären des Universums, der Welt, ja sogar des Landes, in dem wir wohnen, wie immer sein ekelerregender, halt: sein edler Name sein mag. (Ich werde langsam ärgerlich, weil das Essen nicht kommt.) Ich wünsche, ich verlange, zack, daß alle Wesen von uns erfahren und uns zackhopp huldigen, alle, aber auch alle, Flatterer, Verrückte, Lästige, Taumler, Große, Anten, Hunde, Kleine, Katzen, Hasen, Bären, Schnee und Tee, und sie sollen uns schöntun auf den Knien, und ich fordere zu dem Ziele, daß über uns zu lesen steht, überall zu lesen steht (jawohl, ich weiß, was das ist), in allen Büchern und Heften, zackezack, wie sie in den entsetzlichen Eisenbahnen herumliegen mit den schnöden Köpfen von ganz und gar überflüssigen großen Wesen drauf, und ich fordere hiermit kattegorisch, daß nur noch mein Bild, eventuell zur Not begleitet von dem des Bruders R., jene Hefte und Bücher ziert, die Welt zu schrecken und zu knebeln und –

– aaah! Das Klimpern! Die Körnchen, da sind sie. Aah, wie gut sie wieder schmecken, aaah –

Wo war ich stehengeblieben? Ach ja, wie gut es mir möglicherweise geht. Ich denke dabei auch an die wundersame Begegnung mit dem weiß-goldenen Bärenwesen, das ich auf meinem nächtlichen Ausflug kennenlernte. Wie es so dastand, in seinem lichtbeglänzten Pelz und wartete, daß ich mich ihm näherte und anschmiegte. Eine unvergeßliche Minute in meinem Leben. Was wohl die Frau dazu sagen würde, wüßte sie es?

Aber seltsam, nach dem Essen wird mir leicht matt im Kopf und schläfrig, und das Bett mit seinen weichen Kissen lockt mich so sehr, daß mich nur noch süße Nebelschwaden durchziehen und ich nicht mehr klar denken kann. Wie war das noch mit dem wundergleichen Bären? Ein Traum nur? Beileibe nicht, vielleicht.

Jetzt werde ich aber doch besser gleich ins Bett der Großen gehen, das die Farben Weiß und Goldgelb hat, und ich werde mir auf der Seite, wo die Frau immer liegt, eine dick aufgewölbte Stelle suchen und mich dort rund einringeln und einkugeln und einschlafen in der Gewißheit, daß dann kein Wesen einen schöneren Anblick bietet in diesem weiten Weltenrund als wie ich nur allein.

Wie gut das tat. Ein Schlaf muß sein, denn ich habe viel zu beobachten und zu bedenken, da muß ich mich auch ausruhen können. Im übrigen ist der Schlaf nie vergeudet, sehe ich doch dann oft Bilder, die es im Wachen nicht gibt, oder noch nicht. Wahrscheinlich habe auch ich, nicht nur der Bruder, der es durch Pfotenzucken im Schlaf verriet, schon vor ihrem wirklichen Anblick in der Höheren Wohnung die verabscheuungswürdigen Mäuse in meinem Inneren gesehen und mich auf sie eingestellt und mich vorbereitet. Oder nehmen wir das weiß-goldene

Bärenwesen. Möglicherweise kommt es doch noch und klingelt an der Tür. Aber, diese Frage sei gewagt, was für ein Leben wäre das mit ihm? Was wollte es eigentlich von mir, oder ich von ihm? Wären wir gereist? Und die Frau, die hätte ich wohl verlassen müssen, und den Bruder, und den Mann. Vermutlich habe ich es sowieso mit ihnen besser, vermutlich und mit Vorbehalt.

Verzeihung, ich verwirre mich wieder und bringe bald alles durcheinander, Traum und Wachen. Besser zurück zur Frage, was von unserem Leben und seinen Besonderheiten zu halten sei.

Wo, wenn nicht in der Heimatwohnung hier gibt es zum Lagern eine so schöne Fensterbank? Sie ist ganz flach und glatt und aus hell gemustertem Stein und unter ihr, das müssen Sie sich mal vorstellen, ist etwas angebracht, das andauernd herrliche Wärme heraufschickt zu uns und zwar immer genau so viel, wie wir brauchen. Da kann ich mich von den Pfoten bis zur Schwanzspitze, der weißen, ausdehnen und dösen. Ist der Bruder schon oben und mir gerade besonders gut, so läßt er den Schwanz herunterhängen oder nimmt ihn beiseite, und wir haben dann beide Platz mit ausgestreckten Pfoten. Durch den Stein hindurch erhitzt die Wärme erst meinen Pelz und zieht dann in mich hinein und breitet sich aus, und ich träume dann von merkwürdig heißen Orten (im Lande Egypt vielleicht?), wo die Sonne so groß ist wie der ganze Himmel und meine Pfoten fast glühen, wenn ich herumziehe und auf glatten Steinplatten entlangschleiche auf der Suche nach einem Ruheplatz. Das alles war bestimmt vor der Zeit mit unserer Mutter, oder danach.

Die Wärme, Sie wissen es längst, ist neben dem Schlaf, dem Essen und dem Sattsein mir das Liebste. Und die Frau. Ach, würde doch alles immer so bleiben, ich auf der Fensterbank, satt und warm, mit noch etwas zusätzlicher Sonne auf dem Pelz, die Frau in der Nähe, von mir aus beim Tee mit dem Mann, der Bruder ein wenig entfernt, damit ich jederzeit jemanden zum Jagen und zum Beißen habe. Jetzt will ich es ja eingestehen, ein erstes und ein letztes Mal: ich habe einmal, als die Großen wohl gar zu lange oder zu kurz fort waren, in den prallrunden pelzigen Leib des R. hineingebissen und – mir ein Stück davon herausgerissen. Unser rasender Zorneshaß aufeinander war ganz alleine schuld. Schön war das nicht, wie R. da schrie. Ich rannte dann mit dem Herausgebissenen davon und sah jenen lange nicht mehr wieder, weiß nicht, wo er war. Die Unseren, als sie dann endlich kamen, taten sehr besorgt. Ach was. Was soll ich tun, wenn mein Haß größer ist als ich? Mich etwa selber beißen? Jetzt ist übrigens kein Loch mehr in dem Pelz vom R. zu sehen, das kann ich Ihnen versichern. Nur schauen helle Härchen aus den dunkleren an der Stelle des ehemaligen Beißlochs heraus. Ein unschöner Makel, nicht?

Manchmal, hinwiederum, wenn wir so nah auf der Fensterbank beisammenliegen, steigt der Bruder über mich und schleckt und putzt mich ein wenig und säubert mir auch ein Ohr oder ein Auge. Ich lasse es gnädig geschehen. Wenn er auch keine Ausdauer hat, so weiß ich doch den Versuch und die Geste zu schätzen und lecke ihm traulich gern ein bißchen über das Gesicht.

Nunmehr wissen Sie fast genausoviel über mich und den Bruder und unsere großen Begleitwesen, wie ich selber weiß, und ich denke, daß ich über kurz oder lang zum Schluß kommen werde, aber eines, eines ganz besonders, weiß ich noch nicht, noch immer nicht richtig. (Die Frage, warum wir kürzlich oder damals nicht mehr unter den Schrank paßten, die habe ich als unlösbar erkannt und aufgegeben.) Zwar ist die Fensterbank der ideale Ort fürs Nachdenken und Sinnieren, und ich glaube, Sie billigen mir, nach allem, was ich erzählt habe und dargetan, eine gewisse Meisterschaft darin zu, aber ich habe eines noch immer nicht recht verstanden und bin es bald leid: Warum sind wir bei der Frau und dem Mann?

Vielleicht geht es so, ordentlich der Reihe nach:

Warum bin ich mit R. zusammen? – Weil wir aus derselben Mutter und nacheinander herausgepurzelt und -gestiegen sind.

Warum bin ich noch immer mit ihm zusammen? – Weil die Großen uns beide eingepackt haben und uns mit Fleiß beisammenhalten und nicht etwa einen herausgeben.

Warum sind wir oder bin ich noch nicht weggelaufen oder zumindest dann doch wiedergekommen? – Weil ich bei der Frau ein gutes Fressen und alles andere auch habe.

Gut, aber jetzt andersherum. Warum wollten die Großen uns haben und uns behalten, uns, und keine Anten, keine Katzen (?), keine Hunde, keine Flatterer und auch alle anderen vorhandenen Wesen nicht, keine – Elefanten (?), keine Eichhörnchen (??), keine Mäuse? Warum dürfen bloß nur wir zwei in ihrem Bett liegen, neben dem einen oder anderen Nicht-Tier und vor kurzem wieder einem Teller und, unter einem Kissen versteckt, einem Löffel, nur wir und keine – Drachen (?) oder Möwen (??)? Das muß doch rauszubringen sein, da muß es doch eine Antwort drauf geben, sonst, ja sonst –

– ich will mich doch nicht dauernd mit demselben abmühen wie der Hund Harry, der auf einem Stück Holz, oder was es war, die ganze Zeit herumbiß und -nagte, während sein Begleitwesen bei uns in der Höheren Wohnung mit der Frau plapperte und schwätzte, als hinge seine Ecksistenz vom Nagen und Schrappen ab. Meine nicht!

Eben jedoch habe ich etwas sehr Merkwürdiges, etwas ganz und gar Eigenartiges gesehen, das mir, magsein, weiterhilft, unsere seltsame Gemeinschaft zu erklären. Die Frau werkelte gerade wieder in der Küche, und daher ist R. vorhin von der Fensterbank gesprungen, in die Küche gegangen – ich ihm bald nach – und auf den weißen Schrank mit den Eßsachen zu, der hier auf einem anderen, kleineren draufsteht. Wir verehren diese Schränke, die sich ja in jeder Wohnung befinden, im stillen, denn

oft verbirgt sich auch unser weiches Essen in ihnen, nicht nur das Würschtel und die Milch in den großen Behältern, die uns leider nicht so gut bekommt, wie sie schmeckt – sagte ich es schon? Die Milch in den kleinen Bechern, die gerade für unsere Nasen groß genug sind, und die öfter für den dunklen, fast schwarzen Tee verwendet wird, die ist besser. Der Vollständigkeit und der Ordnung halber sei dies erwähnt. Aber auch anderes Gutes, für mich bislang leider Namenloses, findet sich in den Schränken. Obendrein geht von ihnen ab und zu ein sanftes Brummen aus und wirkt vertrauenstiftend, fast so, als wären sie mit uns entfernt verwandt und schnurrten vor Zufriedenheit. Aber genug davon.

Hier in der Heimatwohnung steht der Schrank also erhöht auf einem niedrigen. Nun sehe ich gerade, wie der Ramirez, um die Frau gegenüber besser zu beobachten, auf ihn hinaufspringt und sich hinhockt. Die Frau schneidet irgend etwas und macht es klein und tut es in einen Topf. Das wird dann wahrscheinlich bald gegessen mit anderem zusammen, und ich nehme mir schon vor, mich im Wohnzimmer zu verstecken und sie beim Essen zu überraschen, indem ich auf den Tisch springe, aber nichts vom Teller reiße, vielmehr mit den Pfoten schön beieinander aufrecht dasitze, eventuell den Kopf so wie R. ein wenig schief lege und garantiert unwiderstehlich bittend warte. Ich krieg ja immer was vom Mann. Aber auch das wollte ich Ihnen gar nicht erzählen. Sondern:

Während ich so an der Tür stehe und die Frau betrachte und den Ramirez, dreht sich die Frau plötzlich um zum weißen Schrank und entdeckt ihn dort oben. »Ja

Miezerl, ich hab dich gar nicht gehört«, sagt sie und geht zu ihm hinüber. Der Kopf der Frau ist fast auf der gleichen Höhe wie der von R., oder nur ein wenig tiefer. Sie schauen sich an. Dann hebt die Frau den Kopf noch ein bißchen und ist mit ihrer Nase nur wenig mehr von R.s Kopf entfernt, und R., der Bruder und mein Freundundfeind, der Edle von Bär und würdige Vertreter unserer stolzen Ahnen, so würdig fast wie ich, reckt seinen Kopf zu ihr hin und berührt mit seiner Nasenspitze – zart die ihre.

Er berührt ihre Nase mit der seinen! Beider Nasen treffen sich auf einem winzigen Fleckchen. Sie machen es einmal, dann noch einmal. Können Sie sich das vorstellen? Sie selbst und beide zusammen verbinden sich miteinander, und zwischen ihren Nasen entsteht für kurze Zeit – nicht für länger! – eine sehr kleine Brücke, ja, eine Brücke, ein Brückensteg zwischen Mensch und Tier. (Was sag ich da? Mensch und Tier? Was soll das, vergeß ich lieber gleich.) Also zwischen der Frau und dem Bruder. Haben Sie davon schon einmal irgendwo gehört? Oder gelesen? (Sie lesen ja auch viel, nehm ich an.)

Nein, nicht wahr.

So etwas gibt es nur bei uns. Die Frau sah, als sie sich zu mir umdrehte und von R. weg, befriedigt aus und erfreut und kam zu mir, streichelte mich und sprach freundlich mit mir. Und mir fällt ein, daß ich ja oft zu ihr auf den Tisch springe, wenn sie irgendwas auf einem Papier mit einem Stift zu kritzeln oder zu kratzen hat, und mit meinem Kopf an ihren stoße, sehr oft und immer wieder, nur nicht mit der Nasenspitze, und sie mir immer entgegenkommt, bis wir beide es zufrieden sind und, jetzt verstehe ich es, eine Brücke zwischen uns erneuert ist oder erneut befestigt.

Wenn ich das nunmehr so vor mir sehe und mir vorstelle, den Bruder und die Frau, mich und die Frau, den Mann mit uns, denn er, das ist mein Eindruck, hält alles zusammen und hat die Leitung, obwohl er oft nicht alles versteht und grob dazwischenfährt und auch schon mal recht dumm ist, so wird mir doch auf einmal klar, warum wir bei ihnen sind.

Es ist ein seltsamer Grund, und das Wort, ihn zu bezeichnen, hat sich wohl bislang in mir verborgen gehalten. Wir sind bei ihnen, weil sie uns lieben!

Eigenartig, nicht wahr? Aber wahr. Weil sie uns lieben, tun sie uns schön und geben uns das Essen und all die anderen Dinge. Weil sie uns lieben, sind sie besorgt, wenn wir krank sind oder dem R. ein Stück Fell mit noch etwas dran fehlt (jaja, ich war's, ich geb's ja zu), oder stellen uns den Reisekorb draußen vor die Haustür, wenn wir uns verlaufen und lassen uns in ihrem Bett liegen.

Das ist es. Weil sie uns lieben.

Merkwürdig, daß mir das Wort so lange gefehlt hat. Jetzt wird mir auch endlich klar: wir lieben sie auch. So ist es, ganz einfach. Zwei Große lieben zwei Kleinere, zwei freilich äußerlich nur kleinere, und diese lieben sie wieder zurück.

Das ist das Gesetz des starken Bundes.

Wir geben ihnen zwar nichts zu essen und all das andere auch nicht, das fällt schon auf, aber irgend etwas geben wir ihnen doch. Vielleicht – einen Halt? Allein schon dadurch, daß wir so schön, so geschmeidig und so seidig sind wie kaum andere Wesen. Ich jedenfalls habe keine gesehen, auf unseren zwei und vielen Reisen, die mit dem Bruder, geschweige denn mit mir, sich messen könnten. Und die Unseren lieben uns, weil wir zu zweit sind, wie sie auch. Und wir geben ihnen einen Schutz. Ich meine so einen, der sie innerlich befestigt und auch stärkt und stählt. Das ist doch gut möglich und würde viel erklären. Wenn ich neben der Frau sitze oder neben dem Mann, und mir gefällt es, meine Pfote auf ihren Arm zu legen, nur so, nicht lang, nur einen Monat oder so, dann sehen sie mich überrascht und sehr begeistert an, und ihre Augen senden kleine Blitze.

Jetzt wird mir auch ganz plötzlich klar, eben erst fällt es mir wieder ein, und ich verstehe, was sich vor und nach einer Zeit zugetragen hat. Da sagte die Frau, als wir bei ihr auf der Liege vor dem Fenster saßen, in der Heimatwohnung, hier, mit der Sonne schräg auf unserem Pelz, da sagte sie nämlich, und ich erinnere mich ganz genau, »Wißt ihr eigentlich, Mizzis«, und sie streichelte und strich mit der Bürste über mein einmalig schwarz schimmerndes zart glattes Fell, »wißt ihr, warum ihr bei uns seid? Nein, das wißt ihr nicht. Ich will es euch sagen. Ihr seid bei uns, um uns zu erlösen.«

Ich gebe nun gerne zu, daß ich nicht gänzlich erfasse, was erlösen bedeutet. Erlösen, erlösen. Wovon?, muß man, glaube ich, fragen.

Nun, ich habe da etwas beobachtet und zwar schon oft. Es ist immer dasselbe, jedenfalls bei der Frau. Sie kommt heim von draußen und von irgendwelchem Zeug und Tun, das sie da macht, und sie sieht müde aus, wie staubbedeckt, und mürrisch, schmeißt die Tasche hin (erzählte ich schon) und zieht die Schuhe aus, fast noch in der Tür, und läßt sie herumliegen – ich reibe mich dann gerne dran –, den einen hier auf der Seite, den anderen da und wieder andersherum, und da sieht sie uns. Sie sieht uns, und sogleich glättet sich ihr Gesicht, der Staub fliegt weg, und sie lächelt. Sie lächelt mich an, und den Bruder auch, und hockt sich hin, krault und kneifelt uns und spricht. »Ach, ihr Mizzis«, hören wir oft, »was seid ihr so schön und gut.« Ihr Lächeln bleibt manchmal im Gesicht stehen und geht nicht weg, selbst wenn sie dann in der Küche werkelt. Das bedeutet, daß sie sehr froh ist.

Sie sind ja beide nicht immer froh. Oft ärgern sie sich und sprechen laut und zornig von Dingen oder Wesen, die ich nicht kenne. Häufig auch über etwas, das zu bestimmten Zeiten aus dem schwarzen Kasten kommt und dröhnt oder aus dem bunten in der Höheren Wohnung (nicht über Putschi und die Musik – bringen Sie jetzt nichts durcheinander!) oder aus so großen raschelnden und krachenden Papierbögen, die sie sich vor die Nase halten. Was aus diesen Sachen herauskommt, muß oft grauenhaft sein und schrecklich, da bin ich nun wieder froh, daß uns das nicht betrifft und kümmern muß.

Es kann auch sein, daß sich die Frau furchtbar aufregt, und der Mann redet beruhigend auf sie ein, oder umgekehrt. Das geht dann oft recht lange so. Oder die Frau redet schnell, fast schrill und mit höherer Stimme als sonst auf den Mann ein, der redet dann dazwischen, tiefer, aber auch lauter, dann wieder die Frau, manchmal beide gleichzeitig – es ist, wie wenn welche im Kasten singen, und auch nicht viel schöner, eher im Gegenteil. Kummer, ja Kummer steht ihnen im Gesicht, oder Sorge, Sorgen und auch Zorn.

Dann fällt ihr Blick auf uns, und sie halten inne.

Der eine oder der andere hört mit dem Gerede auf, ihre Züge entspannen sich, und die Frau, besonders sie, obgleich sie sich doch an uns gewöhnt haben müßte, weil sie uns immer um sich hat, lächelt, als sähe sie uns zum ersten Mal. So muß sie auch gelächelt haben, als sie uns im Stroh bei der Mutter herumtappen sah und uns beide, und keine anderen, auswählte.

Ramirez lächelt ja nicht, nie, und auch ich, der ich erst allmählich lernte, was für eine Empfindung sich durch den anders geschwungenen Mund der Großen ausdrückt, ich fühle in mir nichts, keine Regung, die ich als Lächeln bezeichnen würde. Bei mir gibt es das Schnurren vor Zufriedenheit, und Freude, die kenne ich auch. Da reiße ich meinen Mund riesengroß auf, mein Maul, und schaue die Frau an, die auch genau weiß, daß dies kein Gähnen ist, sondern große Freude bei ihrem unverhofften Anblick nach langer oder weniger langer Abwesenheit. Sie hat das mal dem Mann erklärt.

Alles das könnte schon eine gute Deutung des Erlösens sein, das wir bewirken.

Das wäre dann unsere Aufgabe, unsere Gegenleistung, unser Ziel und Zweck und unsere Pflicht. Sie erledigen wir auch tadellos und ohne Fehl, ganz gleich, was wir gerade tun, das werden Sie nach allem, was Sie von mir erfahren durften, doch sicher glauben. Ob wir schnurren oder maunzen, ob wir schnuffeln oder kratzen, immer ruhen die Augen der Unseren wohlgefällig auf uns. Für sie, so meine Gewißheit jetzt, genügt es, wenn wir nur irgendwo lagern, den Schwanz in unserer unnachahmlichen Art um uns geschlagen, den Kopf auf die Pfote gebettet, und ihre Augen schmelzen und sie lächeln. Für sie genügt es, wenn wir da sind.

Wir erledigen das Erlösen ganz einfach so, ohne daß uns irgend jemand hätte sagen müssen, wie es geht, und es fällt uns absoluht und – katzenleicht!! Ist das nicht staunenswert? Müssen nicht nun auch Sie, kaum verehrtes Zuhörwesen, andächtig zu uns aufblicken?

Zum Erlösen sind wir da und bei den Großen, nicht mehr, nicht weniger. Das gibt ihrem Leben Sinn, oder unserem, zur Not. Das ist geklärt.

Doch jetzt und nunmehr, wertes und sehr treues Wesen, das Sie mir so lange schon Ihr Ohr geneigt und ausgeliehen haben, genug geplappert und geflunkert (ganz wenig nur) und erzählt. Ich höre nämlich ein bekanntes Geräusch.

Es ist das Geräusch, das eine Reisekorbtür macht, sobald sie sich bewegt und gegen etwas schlägt. Da, sehen Sie!, sind auch schon die zwei Körbe jetzt im Flur. Eine Reise steht bevor, in die Treppenwohnung, wenn ich nicht irre. Aber das schreckt mich nicht, gestärkt und gefestigt, wie wir sind, zwei und zwei. Das machen wir. Warum auch nicht? Zwei und zwei, das hält ja gut, fast eckzellent.

Nun also dann der Abschied. Es reicht mir auch, ehrlich gesagt, das ewige Erklären und Beschreiben und alles. Trotzdem Ihnen noch ein Dank für viel Geduld und Anteilnahme; und nun, fürwahr: Addio (beachten Sie, wie mir selbst in letzter Stunde oder Minute noch neue, kostbare Wörter einfallen) und Lebwohl.

Die Frau ruft mich.

Umschlaggestaltung: Gudrun Fröba, Berlin
Buchgestaltung: Ⓢ sans serif, Berlin
Reproduktionen: Mega-Satz-Service, Berlin
Gesetzt aus der Guardi
Druck und Bindung: Clausen & Bosse, Leck
Printed in Germany

ISBN 3-463-40408-7

k.

Unverkäufliches Leseexemplar
Geb., ca. € 14,90 (D)
Erstverkaufstag: 22. März 2002
Wir bitten Sie, Rezensionen nicht vor
dem Erstverkaufstag zu veröffentlichen.
Wir danken für Ihr Verständnis.